TARA SIVEC

SOBREVIVENDO ao FERIADO

Traduzido por Mariel Westphal

1ª Edição

2023

Direção Editorial:
Anastacia Cabo
Tradução:
Mariel Westphal
Revisão Final:
Equipe The Gift Box

Arte de capa:
Michelle Preast Illustration and Design
Adaptação de capa:
Bianca Santana
Preparação de texto e diagramação:
Carol Dias

Copyright © Tara Sivec, 2020
Copyright © The Gift Box, 2023

Todos os direitos reservados.
Nenhuma parte do conteúdo desse livro poderá ser reproduzida em qualquer meio ou forma – impresso, digital, áudio ou visual – sem a expressa autorização da editora sob penas criminais e ações civis.
Esta é uma obra de ficção. Nomes, personagens, lugares e acontecimentos descritos são produtos da imaginação da autora. Qualquer semelhança com nomes, datas ou acontecimentos reais é mera coincidência.

Este livro segue as regras da Nova Ortografia da Língua Portuguesa.

CIP-BRASIL. CATALOGAÇÃO NA PUBLICAÇÃO
SINDICATO NACIONAL DOS EDITORES DE LIVROS, RJ
Meri Gleice Rodrigues de Souza - Bibliotecária - CRB-7/6439

S637s

Sivec, Tara
  Sobrevivendo ao feriado / Tara Sivec ; tradução Mariel Westphal. - 1. ed. - Rio de Janeiro : The Gift Box, 2023.
  180 p.   (Ilha Summersweet ; 3)

Tradução de: Dashing through the no
ISBN 978-65-5636-315-8

1. Romance americano. I. Westphal, Mariel. II. Título. III. Série.

23-87179   CDD: 813
             CDU: 82-31(73)

DEDICATÓRIA
Para todos que pediram a história de Tess e Bodhi.
Vocês vão seriamente se arrepender disso!
HAHAHAHAAH

GLOSSÁRIO DE GOLFE

Avant-Green (apron): Grama baixa que separa o *green* do *rough* ou *fairway*.

Back Nine: os últimos nove buracos de um curso de dezoito. Jogar o *"back nine"* significa "finalizar" (em direção à sede do clube).

Birdie: acertar um buraco com uma tacada abaixo do *par*.

Bogey: acertar um buraco com uma tacada acima do *par*.

Caddie: pessoa contratada para carregar os tacos e auxiliar os jogadores.

Garotas do carrinho (cart girls): atendentes em carrinhos que atuam entregando bebidas e lanches para os jogadores em campo.

Caminho do carrinho (cart path): percurso em volta de um campo de golfe, geralmente asfaltado, que os carrinhos de golfe devem seguir.

Sede do clube: edifício ou estrutura principal de um campo de golfe que pode, mas não necessariamente, incluir a loja de artigos esportivos, serviço de alimentação, vestiários, bar, escritórios e muito mais.

Driver: tipo de taco geralmente usado para tacadas de longas distâncias. O taco é normalmente usado na tacada inicial no *tee*, mas também ocasionalmente é usado no *fairway*.

Driving Rage: local onde os golfistas treinam suas técnicas de tacadas.

Fairway: área no centro do gramado que fica entre o *tee* e o *green*.

Green: área onde a grama é fina e rente ao solo, onde fica o buraco.

Par: a pontuação esperada que um jogador faça em um buraco, seja de três, quatro ou cinco.

Picker: Um veículo utilitário fechado com um aparato na frente para recolher bolas. Os discos giratórios são colocados em movimento à medida que o veículo se move, agindo como uma vassoura, varrendo as bolas do chão e as colocando em cestos de coleta.

Pin: o marcador alto, geralmente um mastro de metal com uma bandeira no topo, para indicar a posição de um buraco no *green*.

Cunha de Lançamento (Pitching Wedge): taco usado para tacadas curtas e em arco.

Rough: uma área fora do *fairway*. A grama é mais comprida, tornando mais difícil acertar a bola de golfe de forma limpa.

Starter: funcionário de um campo de golfe que controla o ritmo de jogo direcionando os jogadores para o primeiro tee nos momentos apropriados. Suas outras responsabilidades incluem fornecer informações sobre o curso e ajudar os jogadores com quaisquer outras questões relacionadas ao golfe.

Tee: objeto usado para apoiar a bola na primeira tacada.

Área de tee (tee box): área no campo onde os jogadores dão a primeira tacada.

Obstáculo de Água (Water Hazard): qualquer tipo de fonte de água a céu aberto, desde lagos a riachos, oceano a mar ou mesmo valas de drenagem no curso de golfe, é denominado obstáculo de água.

PRÓLOGO

FELIZ FERIADO

bodhi preston armbruster iii

Doze anos atrás, véspera de Natal. Malibu, Califórnia.

— Canapé de mousse de salmão defumado para o senhor?

Quando olho para a bandeja rosê que um garçom estende para mim, meu nariz se enruga de desgosto. Não tenho certeza se é por causa das pequenas pilhas de alguma merda cor-de-rosa que estão sendo oferecidas para mim, ou porque esse pobre rapaz que parece ter a mesma idade que eu tem que me chamar de "senhor". E ele está sendo forçado a usar um macacão rosa de grife a noite toda, servindo comida para idiotas ricos e privilegiados, em vez de ficar em casa com sua família para comemorar o feriado.

— O que um cara tem que fazer para conseguir gemada e biscoitos de Natal por aqui? — brinco, como um idiota rico e superprivilegiado.

— Não sei — o garçom responde, com uma voz entediada. — Talvez tente o cercado dos flamingos no gramado leste, ou o salão de baile onde Katy Perry está se preparando para se apresentar.

Sério, quem dá uma festa na véspera de Natal onde tudo, do chão às paredes, passando pelos uniformes dos funcionários e pela decoração, não passa de rosa-chiclete, sem árvore ou enfeites à vista? Cada centímetro das paredes é coberto por rosas cor-de-rosa verdadeiras. Milhares de fios de rosas presos a linhas de pesca estão pendurados no teto de cada ambiente. Há toalhas de mesa rosa, talheres rosa, comida rosa e bolhas rosa de máquinas de bolhas flutuando pela enorme mansão.

Já é ruim eu ter vinte e dois anos e ainda ser forçado a comparecer a eventos como este porque meu pai mandou. Não há um Papai Noel em uma roupa vermelha, pisca-piscas multicoloridos, uma canção de Natal sendo cantada ou um pacote embrulhado em vermelho e verde. Não que eu tenha qualquer conhecimento pessoal de como deve ser uma verdadeira véspera de Natal, mas já vi muitas vezes em filmes e na televisão, e não é assim. As pessoas se sentam ao redor de uma mesa comendo peru assado, depois todos vestem pijamas combinando e se aninham na frente da árvore, com a neve caindo suavemente do lado de fora de sua cabana rústica na floresta. E tenho quase certeza de que há um registro natalino em algum lugar lá — embora ninguém saiba realmente o que é um registro natalino, mas eu quero um. As pessoas não comem montes de merdas cor-de-rosa, seguidos por visões de flamingos no gramado leste, enquanto Katy Perry canta sobre beijar uma garota, em uma mansão na praia de Malibu.

É realmente assim que minha vida vai ser? Para sempre?

— Ei, Bodhi! Tem tanto rabo de saia nessa festa que tudo que vou ter que fazer é tropeçar e meu pau vai cair direto em uma mulher pronta e disposta. Caramba, feliz Natal para mim!

A mão de alguém está batendo nas minhas costas, e eu nem me incomodo em dar um sorriso de saudação a um dos meus amigos mais antigos, que pega um canapé da bandeja e o enfia na boca. Afasto-me da mão de Brandon nas minhas costas e dou ao garçom à minha frente, ainda segurando a bandeja rosa, um pequeno sorriso de desculpas pelo meu amigo, porque sei que isso é apenas o começo do que vai sair de sua boca.

— Ei, eu não te pedi para me trazer um uísque com Coca, uns quinze minutos atrás? — Brandon pergunta ao garçom na hora, pegando outro aperitivo rosa da bandeja e colocando-o na boca. — Achei que a família Parker seria capaz de contratar a melhor equipe. Você é um preguiçoso.

— Pelo amor de Deus, Brandon, cale a boca — murmuro, incapaz de ficar quieto por mais tempo, dando ao cara de macacão ridículo um rápido pedido de desculpas verbal por Brandon, antes que ele apenas revire os olhos e se afaste para oferecer a algum outro idiota ofensivo uma pilha de merda rosa.

Não sei se meus amigos pioraram ultimamente com seu comportamento atroz ou se apenas me tornei menos tolerante a isso. Seja o que for, estou cansado de dar de ombros o tempo todo. Estou cansado de ficar envergonhado com metade das coisas que eles dizem e todas as coisas que fazem.

SOBREVIVENDO ao FERIADO

Tenho vergonha de mim mesmo por ter agido como eles em mais de uma ocasião ao longo dos anos, tentando me encaixar e apaziguar meu pai, e estou cansado de fingir que tudo isso me deixa feliz.

Felicidade para mim seria usar pijamas de Natal combinando, sentar em frente a uma árvore em uma cabana na floresta com pessoas que me deixam ser *eu*... quem quer que seja. Estou começando a me perguntar se algum dia saberei quem sou ou o que realmente quero fazer da minha vida. Nunca tive escolha sobre nada, e nunca foi tão óbvio como me tornei fraco e patético como que agora, estando preso em uma festa em que não quero estar na véspera de Natal, cercado por pessoas que não suporto.

— Qual é o seu problema? — Brandon zomba, apontando o polegar por cima do ombro para um grupo de nossos amigos a alguns metros de distância, que provavelmente estão assediando sexualmente a garçonete em um macacão rosa que está tentando oferecer a eles uma bandeja de canapés. — Os caras disseram que você esteve de mau humor a noite toda. Recebemos um convite para a festa de Natal dos Parker, cara; melhore esse seu humor. Ouvi dizer que isso é anual, e que fica maior e melhor a cada ano. Graças a Deus Richard Parker bateu as botas e sua esposa decidiu se divertir um pouco em sua homenagem, certo?

Brandon cutuca com o cotovelo na minha lateral e ri, e de repente sinto vontade de dar uma de louco. Qualquer um que seja alguém em Hollywood sabe quem é Richard Parker. Ou era, devo dizer, já que ele faleceu há alguns meses. Encontrei-o algumas vezes ao longo dos anos, quando saía com meu pai, e ele parecia um cara legal de verdade. Dono de uma das maiores empresas imobiliárias da Califórnia; a empresa de Parker atende apenas aos muito ricos e a maioria de seus clientes são celebridades. Acho que, desde a morte dele, sua esposa assumiu o negócio imobiliário e decidiu lançar esse pesadelo rosa em forma de uma festa de véspera de Natal a pedido de suas filhas gêmeas famosas no YouTube. E como meu pai é um dos advogados de celebridades mais conhecidos da Califórnia, sou forçado a comparecer a esse evento, assim como as outras duzentas pessoas aqui, sem fazer nada natalino na véspera de Natal.

— Ouvi dizer que Tori e Zoey estão se preparando para assinar um contrato para um reality show. Viu a bunda daquelas duas? Posso esperar até que elas sejam maiores de idade — nosso amigo Trent acrescenta com uma piscadinha quando caminha até nós, referindo-se às filhas gêmeas de Richard Parker. As filhas gêmeas de *doze anos* de Richard Parker.

TARA SIVEC

— Você é nojento — digo a ele, o que só faz Trent bufar, e a raiva continua a crescer.

Tecnicamente, essa sensação de que meu mundo está girando fora de controle vem aumentando há algum tempo. Desde que comecei a ter aulas de surf há alguns meses por capricho, quando vi um panfleto no quadro de avisos da casa da Kappa Sigma. Pela primeira vez na vida, fiz algo que queria fazer, que meu pai e meus amigos ainda não sabem. Algo só para mim, porque me faz feliz. Estar sozinho na minha prancha com nada além de quilômetros e quilômetros de oceano à minha frente, com nada além de possibilidades estendidas à minha frente, me faz esquecer quem eu deveria ser e o que deveria fazer, e isso me faz sentir... *livre*. Não amarrado e nem preso a um futuro que não pedi. Quanto mais perto fico de me formar em Stanford em maio, e quanto mais perto fico de garantir um futuro que não desejo desde o dia em que foi decidido para mim, mais anseio por essa liberdade. E quanto mais perto chego de tombar e perder minha cabeça.

Quando ouço uma risada alta e barulhenta do outro lado da sala, viro minha cabeça para ver meu pai apertar a bunda de uma mulher. Uma mulher que não é minha mãe e está mais próxima da minha idade do que da dele. Uso toda a minha força de vontade para não virar a pequena mesa de bar rosa ao meu lado com um arranjo de flores rosa de mais de um metro de altura. Não pela minha mãe. Ela nem se importaria ou notaria que meu pai está acariciando outra mulher em público. Ela saiu há uma hora para ter tempo de sobra para foder seu motorista antes que meu pai volte para casa.

Estou prestes a arrancar este smoking sufocante do meu corpo e me libertar, porque este é o meu futuro. Tudo isso. Sou amigo desses idiotas porque meu pai é amigo dos pais deles. Eles são filhos de políticos, celebridades e dos ricos e da elite, que nunca tiveram que trabalhar duro por nada que tinham. Essas são as pessoas que meu pai considera as "certas" para se associar para promover minha carreira e fazê-lo parecer bom. Vou me formar em Stanford na primavera, assim como meu pai. Fui aceito em Harvard, assim como meu pai. Já tenho um estágio na empresa do meu pai esperando por mim, bem como um emprego quando me formar em Direito, e estou a caminho de me tornar um membro de carteirinha do Clube dos Idiotas de Fraternidade, *assim como meu pai*.

Quando minha mãe acordar do coma de calmante e vinho tinto, e meu pai sair da cama de qualquer mulher com quem for para casa da festa, o Natal terá acabado e eu já terei aberto o mesmo presente que ganho deles todos os anos, sozinho, como todos os anos: um envelope manchado de caneca de café cheio de dinheiro deixado no balcão da cozinha. Este é o meu futuro. Natais frios e vazios, frequentando festas com pessoas que não suporto, acordando sozinho, sem ninguém que realmente se importe comigo. Minha vida será preenchida com puxa-sacos, aceitando subornos, encobrindo as merdas que meus clientes fazem, destruindo pedaços da minha alma até que eu seja um idiota narcisista como meu pai, ou um bêbado com um problema com remédios *como minha mãe*.

O que diabos estou fazendo? É realmente quem eu quero ser?

— Parece que Papai Noel acabou de entregar meu presente — a voz de Trent interrompe meus pensamentos, enquanto ele cutuca meu braço e então agarra sua virilha. — Ei, Millie, tenho um pacote para você abrir que vai ser muito satisfatório.

Millie Chamberlin, cujo pai é um dos protagonistas favoritos de Hollywood e a mãe é uma das supermodelos mais bem pagas e conhecidas, e que é quatro anos mais nova e frequentou a mesma escola preparatória que todos nós, faz uma pausa ao lado de nosso pequeno grupo e olha Trent de cima a baixo. Levando à boca um canudo de um copo do McDonald's que está segurando em uma das mãos, ela dá um gole ruidoso, me fazendo rir pela primeira vez em meses. Apenas Millie Chamberlin poderia entrar em uma das festas mais chiques do ano em Hollywood usando um vestido brilhante que custa mais do que a maioria das pessoas ganha em um ano, com o cotovelo dobrado e o pulso levantado, segurando delicadamente um saco de papel com *fast food* como se estivesse segurando uma bolsa Birkin cara, enquanto bebe de um copo de *fast food* como se fosse uma taça de Dom Pérignon.

— Você não poderia me satisfazer nem se uma sexóloga estivesse no quarto conosco te orientando a cada passo do caminho. O que você está vestindo?

Eu rio de novo quando Millie olha para o smoking de Trent com desgosto, como se ele estivesse vestindo trapos sujos que tirou do lixo.

— É Armani — Trent diz, debochado, soando menos confiante do que alguns minutos atrás, e ajusta a gravata.

— Você parece um sem-teto — Millie murmura, tomando outro gole barulhento de sua bebida. — Cai fora.

Virando-se para mim, um sorriso brilhante ilumina o rosto de Millie quando ela se inclina e beija minhas bochechas antes de se afastar.

— Bodhi Armbruster, a única luz brilhante em um mar de idiotas — cumprimenta.

— Eiiii — Trent e Brandon reclamam ao mesmo tempo.

— Ai, meu Deus, por que vocês ainda estão aqui? — Millie pergunta aos meus amigos, revirando os olhos e acenando com o copo na direção deles. — Vazem. Os adultos precisam conversar.

Tenho que morder meu lábio inferior para não rir alto quando Brandon e Trent imediatamente saem correndo com suas caudas e postura de assédio sexual enfiadas entre as pernas. Eles têm muito medo de irritar Millie e cair na lista de excluídos de Hollywood, e nunca mais serem convidados para outra festa. Nascida no mesmo berço de ouro que o resto de nós, Millie — mais do que a maioria — literalmente não tem ideia de que existem pessoas por aí que não têm tanto dinheiro que chega a ser nauseante. Ela não é uma idiota como meus amigos. Ela é apenas... Millie. Mas ela sabe quem é e não se desculpa por isso, mesmo aos dezoito anos. Também não se importa com o que as pessoas pensam dela; apenas vive sua vida e faz o que a deixa feliz, não importa o quão insano seja. E seus pais a apoiam desde que ela esteja contente. Isso é o que é mais incompreensível de tudo. Não há uma pessoa na minha vida que me apoiaria se eu decidisse não ir para a faculdade de Direito.

— Qual é a do McDonald's? — pergunto a Millie, acenando com a cabeça na direção do saco que ela ainda está segurando como se fosse uma bolsa cara. Estendo a mão e afrouxo minha gravata, de repente sentindo que estou tendo dificuldade para respirar.

— Fiz uma nova amiga! — Millie comenta, com um grande sorriso. — Encontrei a irmã mais velha das gêmeas escondida em um banheiro de hóspedes no andar de cima. Ela é uma coisinha triste e pálida, sem senso de moda, que odeia as pessoas, mas tenho certeza de que vai gostar de mim em pouco tempo, especialmente depois que comprei alguns nuggets para ela.

— As gêmeas têm uma irmã mais velha? — indago, em estado de choque, esquecendo meu problema respiratório por um minuto. Todo mundo sabe quem são Tori e Zoey Parker, já que elas têm o canal número um no YouTube desde o dia em que postaram seu primeiro vídeo. É muito louco eu nem saber que havia outra irmã na família Parker.

— Sim. O nome dela é Allie Parker, ela tem a mesma idade que eu e seremos melhores amigas para sempre. — Millie toma outro gole de sua bebida do McDonald's e aponta o canudo para mim, mudando de assunto. — Você deveria deixar seu cabelo crescer. Esse loiro, raspado rente nas laterais e penteado para trás não combina com sua estrutura óssea. Vejo você com um visual mais desgrenhado e de surfista.

SOBREVIVENDO ao FERIADO

Começo a tossir e engasgar com minha própria saliva com tanta força quando Millie diz "surfista", que ela tem que colocar sua bebida em uma mesa e estender a mão e me dar tapinhas nas costas algumas vezes antes de continuar falando.

— Você tem uma camiseta? Eu gostaria de vê-lo em algo de algodão macio, como uma velha camiseta de banda. Atrevo-me a dizer... você poderia até usar bermuda cargo? Você só... não fica bem em um smoking, meu caro amigo. Bonito pra caramba, não me interprete mal. Mas você parece com aquela vez que saí com a Britney e encontramos o Justin. Um pouco vomitado e muito desconfortável.

Meu armário está cheio de nada além de ternos de grife, camisas polo, camisas de botão e calças sociais. Não tenho nenhuma bermuda cargo. Ou qualquer camiseta de banda, porque passei minha vida inteira estudando, sempre sendo um bom garoto e fazendo as escolhas certas para não acabar nos tabloides e atrapalhar a carreira do meu pai. Não importa que todas as pessoas que ele acha que eu deveria ser amigo são literalmente a escória da Terra que só fazem escolhas erradas. E eu tenho um encontro permanente com o estilista do meu pai para cortar o cabelo a cada seis semanas desde que eu tinha dez anos. Nem sei se meu cabelo pode crescer mais, mas agora tenho uma vontade repentina de nunca mais cortá-lo.

— Para a sua informação, o manobrista tem erva da boa esta noite.

— Eu não uso drogas — respondo, ofegando ao falar, me perguntando por que de repente parece que está quarenta graus aqui e estou suando pra caramba.

Millie ri e balança a cabeça para mim, pegando sua bebida da mesa e tomando outro gole.

— Ah, querido, você é tão fofo e inocente — Millie suspira, falando comigo como se ela fosse a adulta e não quatro anos mais nova, inclinando a cabeça para o lado e me observando abanar meu rosto, meu peito parecendo ficar cada vez mais apertado. — Mas, falando sério, vá até o manobrista para comprar a erva da boa. Fique longe da sala de revista. Há tanta coca sendo aspirada que parece o interior de um globo de neve.

Minha respiração ofegante é interrompida por um segundo enquanto arqueio uma sobrancelha para ela. Embora Millie tenha saído do útero como uma adulta madura, ela ainda é como uma irmãzinha para mim.

— Ah, não me olhe assim. Não faço isso desde aquela festa de Natal na casa de Marilyn Manson no ano passado — me informa. — Era tão chato. Você esperaria que alguém como ele sacrificasse pelo menos um ou dois humanos por causa da gemada. Depois que ele nos fez cantar Noite Feliz pela terceira vez em torno de seu piano, batizei meu chocolate.

— Então é por isso que você foi banida da casa dele — reflito. — Sempre me perguntei...

— Pensei que a avó dele fosse a empregada. Ela parecia com sede, então dei a ela minha bebida. Eu não lhe disse cheirar as lapelas do barman ou tirar qualquer peça de roupa. Isso foi por conta dela — Millie reclama.

Ouço meu nome sendo gritado do outro lado da sala e me viro para olhar através do mar de pessoas para encontrar Brandon acenando para mim e fazendo movimentos de impulso de quadril atrás da garçonete vestindo o macacão de antes, e meu coração começa a acelerar novamente.

A poucos metros de Brandon, meu pai faz contato visual comigo, sorri e me chama até um grupo de homens de sua empresa e uma estrela de reality show que acabou de ser acusada de assediar sexualmente um menor. Minha pele começa a suar frio mais uma vez, e eu rapidamente afrouxo a gravata completamente até que esteja pendurada no meu pescoço, desabotoando os dois primeiros botões da camisa branca. Parece que um elefante está sentado no meu peito, e não importa o quanto eu tente, não consigo respirar fundo aqui, cercado por celebridades e pela elite de Hollywood, ofegante como um maldito cachorro.

— Você está bem? Agora você parece como eu naquela manhã quando acordei na banheira da Lindsay Lohan — Millie comenta, estudando meu rosto atentamente.

— Estou bem. — Aceno para ela com a mão e um meio-sorriso, mesmo que eu definitivamente não esteja bem, e tudo que quero fazer agora é pular no mar e nadar para longe daqui. — Mas acho que estou tendo um colapso nervoso.

— Ah, que bom! Algo em que posso ajudar — Millie comemora alegremente, curvando-se um pouco e inclinando a parte superior do corpo para mim, já que ambas as mãos ainda estão cheias com McDonald's. — Mas, só para você saber, eu tive três colapsos nervosos, e não é isso. É apenas um ataque de pânico comum. Se quiser enfiar a mão na frente do meu vestido, tenho desde calmantes leves até tranquilizante para cavalos que eu não recomendaria misturar com álcool ou você acordará em uma tenda no Tibete com John Mayer. — Millie ri com um suspiro baixo, balançando um pouco seu corpo para tentar me fazer alcançar sua vasta farmácia.

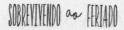

— Já disse: eu não uso drogas. Estou indo para a faculdade de Direito, vou ser advogado — eu a lembro, engolindo em seco algumas vezes antes de poder falar novamente e olhando para meu pai, que parece irritado e vem em nossa direção. — Eu literalmente tive que prender o vômito quando disse isso. O que está acontecendo comigo? Estou morrendo?

Meu coração bate mais rápido. Sinto um frio tão forte na barriga que parece que vou congelar. E meu pai ainda parece irritado comigo enquanto vem até aqui através do pesadelo cor-de-rosa de flores e pessoas.

— Eu não sei o que fazer — sussurro, meus olhos disparando ao redor da sala.

Não quero ser advogado.

Não quero ser amigo de idiotas.

Eu com certeza não quero me tornar meu pai.

E definitivamente não quero estar aqui agora, na véspera de Natal, em uma casa cheia de pessoas falsas — menos Millie — e merda rosa, em vez de guirlanda de pinho, luzes cintilantes e felicidade genuína.

— Você sabia que meus pais nunca me levaram para ver o Papai Noel? Nunca. Nem uma vez. Isso é uma merda, não é? — Rio, um pouco histérico.

— Sou judia e até *eu* já sentei no colo do Papai Noel. Mas você sabe, ele era jovem e gostoso, e não estava usando calça na época, e meu pai o pagou para estar em uma de nossas festas, então parecia um pouco escandaloso quando escapamos da festa, mas tanto faz. Eu fui uma garota muito boa naquele ano. — Millie ri baixinho, antes de dar um toque reconfortante com a mão no meu braço.

Não sei o que diabos quero fazer, mas sei que não quero isso. Essa sensação de que estou perdendo o controle da minha própria vida e, se não sair agora, nunca sairei. Estarei preso aqui neste pesadelo cor-de-rosa na véspera de Natal sem nunca saber o que é ser verdadeiramente feliz e livre. Sem nunca saber o que é usar pijama de natal combinando, sentado em frente a uma árvore com alguém que me ama pelo que sou. Que me deixa ser quem eu quiser e não me envergonha pelas minhas escolhas, sejam elas quais forem.

— Você é adulto. Faça o que quiser fazer — Millie diz, com um encolher de ombros como se fosse a coisa mais fácil do mundo, sacudindo os cubos de gelo em seu copo.

Olhando além do meu pai a alguns metros de distância, que parou para conversar com alguém a caminho para cá, vejo as portas de correr escancaradas que conduzem da sala de estar formal para o quintal. E depois disso, mesmo que esteja escuro como breu e eu não consiga ver nada, sei que o oceano está lá fora, cheio de possibilidades infinitas.

Então, por que diabos ainda estou aqui? Millie está certa; sou adulto e posso fazer o que quiser.

Tirando minha gravata, eu me inclino e a coloco em volta do pescoço de Millie.

— Obrigado — digo a ela com um sorriso, ainda sentindo que vou vomitar, mas pelo menos não estou mais ofegante.

— Pelo quê? — ela pergunta.

— Por... apenas ser Millie.

Dando-lhe um beijo na bochecha, passo ao seu redor, tirando meu paletó do smoking e jogando-o sobre um sofá rosa. E então desengancho meu cinto e jogo em uma fonte de mármore no meio da sala com água rosa jorrando por ela. A cada passo que dou por esse pesadelo cor-de-rosa, desabotoo outro botão da minha camisa até que esteja toda desabotoada e a tiro para fora da calça do smoking preto.

— Bodhi! Que diabos está fazendo? — meu pai sussurra com raiva, mas passo direto por ele sem nem mesmo olhar em sua direção, tirando minha camisa dos ombros e braços.

Continuo andando pela casa, sorrindo e acenando para todos os rostos chocados enquanto jogo minha camisa em um arranjo de flores no meio de uma mesa, e então paro nas portas de correr que dão para o quintal para tirar meus sapatos e meias. Caminhando alguns metros para o quintal gramado até que eu possa ouvir os sons das ondas quebrando na praia, ouço uma tosse à minha direita e viro a cabeça para encontrar um cara de macacão rosa, fumando e encostado em uma palmeira.

— Você é o manobrista?

O homem dá outra tragada e acena com a cabeça.

— Sim. — A fumaça sai de sua boca com essa única palavra.

— Essa é a erva boa?

— Sim. — Acena com a cabeça novamente, segurando o baseado para mim. — Quer dar um pito?

Minha mão se estende assim que meu pai vem em minha direção.

— Você perdeu a cabeça? Coloque suas malditas roupas de volta. Você está me envergonhando! — sussurra, rosnando logo atrás de mim.

— Eu não quero ir para a faculdade de Direito. Isso não me deixa feliz.

SOBREVIVENDO *ao* FERIADO

Na verdade, me deixa muito *infeliz* — rapidamente deixo escapar com meus olhos bem fechados.

Assim que as palavras saem da minha boca, assim que as digo em voz alta pela primeira vez, aquela sensação de que vou vomitar desaparece instantaneamente e enfim sinto que posso respirar. Viro-me para encará-lo no momento em que uma gargalhada alta sai dele, mas não é um som cheio de conforto e alegria.

— Eu não dou a mínima para o que você quer. Coloque suas roupas de volta e pare de agir como uma criança.

Sua previsibilidade só me faz sorrir ainda mais quando estendo a mão e pego o baseado da mão estendida do manobrista sem desviar o olhar zangado de meu pai. Levando-o à boca, dou uma tragada longa e profunda e seguro-o em meus pulmões o máximo que posso antes de soltá-lo. Em seguida, fico uns bons dois minutos de inclinado, tossindo tão forte que estou bastante confiante de que um ou ambos meus pulmões vão voar para fora da minha boca e pousar com um respingo na grama à minha frente.

— Caraaaaamba, essa erva boa é realmente das boas — tusso e rio quando finalmente me levanto, devolvendo o baseado ao manobrista, e encontro meu pai olhando para mim como se eu tivesse acabado de tirar uma faca do bolso e esfaquear todos os presentes, que agora estão com o rosto encostado nas janelas dentro de casa, observando cada movimento nosso.

— Bodhi Preston Armbruster, o que diabos deu em você? Tem alguma ideia de que tipo de coisas terei que fazer para controlar os danos depois dessa façanha?

— Eu realmente não dou a mínima.

O suspiro do meu pai provavelmente pode ser ouvido do espaço de tão alto. Eu nunca respondi a ele. É sempre "sim, senhor" ou "neste exato minuto, senhor". Porque meu pai sempre exigiu respeito e, obediente, sempre fiz tudo o que me pediu. E para quê? Para ele continuar não dando a mínima para mim ou para a minha felicidade?

Enquanto meu pai fica na minha frente, abrindo e fechando a boca sem dizer nada, eu me viro para o manobrista, que ainda está fumando casualmente seu baseado e olhando para mim e para meu pai. Dando outra tragada quando o cara me oferece, desta vez só tusso por cerca de trinta segundos antes de poder falar novamente.

— O que você vai fazer depois? — pergunto ao manobrista.

— Eu e alguns caras pegamos uma van e vamos para Flórida, depois

TARA SIVEC

para Costa Rica. Consegui alguns empregos como *caddie* para jogadores profissionais de golfe no National Tour. — Ele dá de ombros e passamos o baseado de um lado para o outro, o rosto de meu pai ficando tão vermelho que alguém deveria ligar para a emergência.

— Eu odeio golfe — digo a ele, segurando o baseado entre meus lábios por alguns segundos e desabotoando minha calça de smoking.

— Todo mundo odeia. Mas paga bem e você pode viajar. Além disso, cachorros-quentes grátis.

— Sonho! — Eu sorrio, dando uma última tragada antes de entregar o que sobrou do pequeno baseado de volta para ele. — Estou dentro. Só preciso fazer uma última coisa primeiro.

Afastando-me do meu novo amigo, rapidamente empurro minha calça e cueca boxer para baixo pelas minhas pernas, as chuto para o lado, me levanto e sorrio para meu pai.

— Eu desisto. Vá se foder! Você nunca me levou para ver o Papai Noel.

Com isso, me viro e saio da minha vida com meu pau balançando na brisa do oceano e metade de Hollywood olhando para minha bunda nua enquanto desço para a areia.

— Você não vai passar de uma piada! Um perdedor sem futuro e ninguém vai te levar a sério! Você não terá nada! — meu pai grita atrás de mim, mas meus pés pisam na areia, e cada peso em meus ombros desaparece quanto mais perto eu chego da água.

Mas pelo menos terei minha liberdade e pijamas de Natal, e isso é tudo que importa. Talvez um dia eu encontre alguém que me leve a sério, mas, até lá, farei o que me deixar feliz.

Acelerando o passo, corro o resto do caminho pela areia, rindo até meus pés atingirem a água gelada, gritando a plenos pulmões quando dou um salto correndo para mergulhar de cabeça em uma onda.

— Feliz Natal e um bom brinde a todos!

CAPÍTULO 1
CARA DE GRINCH

tess

Dias atuais, uma semana antes do Natal. Ilha Summersweet.
— Ele foi morto pelo Expresso Polar.
— Infelizmente, ele foi pisoteado por renas.
— Ele caiu do telhado enquanto pendurava as luzes de Natal.
— Acidente de caça esquisito. Atirou no próprio pau e sangrou até morrer.
— Ele levou uma pancada na cabeça com um porta-meias quando estava brincando de pega-pega e caiu.
— Estava beijando o Papai Noel debaixo do visco e morreu de herpes na boca. Muito trágico.
— Batizei sua bebida com veneno de rato quando ele não parava de me perguntar quando vamos nos casar e ter filhos, *Jan*. Pelo menos *acho* que o pó branco que usei a noite toda é uma bengala doce amassada.

Jan Rowe, a bibliotecária da Biblioteca da Ilha Summersweet, rapidamente se afasta do bar depois de me fazer alegremente as mesmas perguntas ridículas que metade da ilha fez esta noite, e não se divertiu nem um pouco com uma das minhas muitas respostas. Ela se vira e desaparece no meio da multidão, enquanto pego sua taça de martíni vazia abandonada e a limpo na pia antes de colocá-la no tapete de borracha atrás do bar para secar. Por que decidi trabalhar neste turno extra para a festa de Natal anual dos empresários de Summersweet que eles fazem para todos os seus funcionários está além da minha compreensão, e eu deveria ter deixado um dos meus outros colegas lidar com isso. Além do fato de que o Natal me dá nos nervos todos os anos, porque é sempre muito agitado, exagerado e totalmente alegre, com muitos eventos organizados, não recebo nada além de perguntas ininterruptas sobre meu relacionamento desde que entrei na porta do Clube de Golfe da Ilha Summersweet, o CGIS, esta noite.

"Quando você e Bodhi vão se casar?"

"Ele já te pediu em casamento?"

"Será que sinto cheiro de bebês no futuro?"

O que você está sentindo é meu cérebro derretendo toda vez que me faz uma pergunta idiota como essa, Margaret.

Ou é muito possivelmente o floco de neve de papel que acabei de arrancar da linha de pesca pendurada no teto logo acima da minha cabeça e agora estou segurando uma vela vermelha cercada por folhas de azevinho, deixando a chama bruxuleante da vela corroer a decoração ridícula. Sinto-me um pouco mais calma quando o floco de neve de papel é incinerado e se transforma em cinzas dentro da jarra, como sempre faço quando coloco fogo em algo que me incomoda e desaparece instantaneamente. E já que não posso exatamente incendiar todos nesta sala, a merda pendurada acima da minha cabeça que tenho que manter fora do caminho ao preparar bebidas para as pessoas a noite toda terá que servir.

Rockin' Around the Christmas Tree está tocando no sistema de som, as pessoas estão desfrutando dos coquetéis de Natal que preparei a noite toda, e todos estão alegremente vestidos com seus melhores e mais berrantes suéteres natalinos. Este é um momento de grande alegria e felicidade, e eu olho ao redor e só quero colocar fogo em tudo. Não é que eu odeie o Natal… não exatamente… só estou mais irritada do que o normal este ano, e é tudo culpa do meu namorado, então ele tem que morrer. Repetida e tragicamente.

— Cuidado!

Mesmo que eu esteja distraída e de mau humor, meus reflexos ainda estão vivos. Minha mão voa para pegar a pequena bola antiestresse de Papai Noel que veio voando em minha direção do outro lado da sala. Cuidadosamente jogo de volta para o alto sobre as cabeças dos convidados para meu sobrinho-amigo, Owen, antes de abrir uma garrafa de cerveja e deslizá-la para Gina, da Doces Starboard.

A única coisa boa de ser bartender nesta festa de Natal, além do dinheiro extra, é que todos os meus amigos estão presentes e posso vê-los enquanto trabalho. Palmer e Birdie estão agarrados um no outro em um canto, chupando o rosto um do outro a noite toda enquanto falam sobre seus planos de casamento. Shepherd está recebendo pedidos de Natal de última hora para suas camisas ridículas cobertas de purpurina. Wren e Owen têm brincado com as bolas antiestresse que distribuíram como lembrancinhas. Laura, a mãe de Birdie e Wren, tem feito malabarismos com dois homens a noite toda, que ainda não sabem que ambos estão em um encontro com a mesma mulher. Murphy continua ouvindo gritos por desligar a música de Natal porque lhe dá dor de cabeça, e agora ele está na mesa de canapés entregando a uma criança um prato inteiro de biscoitos depois de fazê-la chorar. E Emily tem ensinado a todos a dança de *Jingle Bell Rock* do filme *Meninas Malvadas*. Então, praticamente apenas uma típica noite de sexta-feira na Ilha Summersweet.

— Jeanine Char acabou de me contar que Bodhi teve uma morte infeliz quando um esquilo pulou da árvore de Natal que ele cortou e o mordeu na artéria carótida.

Pela primeira vez esta noite, sorrio quando Birdie desliza seu copo vazio por cima do bar para eu encher novamente. Ela não é apenas minha melhor amiga, e vê-la sempre me deixa de bom humor, mas também é a única pessoa nesta sala esta noite usando um suéter de Natal ridículo que eu aprovo. Tem apenas dois enfeites de Natal vermelho e verde gigantes e diz "bolas" em letra cursiva.

— Ah, que bom, essa está ganhando força. A do esquilo é a minha favorita — digo a ela, removendo o enfeite de Natal de plástico transparente de dentro do copo com gelo derretido, jogo-o no lixo e despejo a água. — Quer outro coquetel Blim-Blom?

Ela acena com a cabeça enfaticamente, e eu começo a trabalhar para fazer para Birdie seu coquetel de Natal exclusivo que coincidentemente combina perfeitamente com seu suéter — vodca com infusão de pinho, água com gás e suco de cranberry decorado com um raminho de pinho e alguns cranberries congelados. Tudo servido dentro de uma bola de Natal de plástico transparente com um canudo vermelho e branco saindo da abertura do enfeite no topo, aninhado em um copo cheio de gelo.

— Outro coquetel Blim-Blom para a mulher que nunca se cala sobre as bolas de seu noivo — anuncio à Birdie, deslizando sua bebida finalizada sobre o bar em sua direção.

Ainda não criei um coquetel exclusivo para todos os meus entes queridos, mas os que inventei são muito geniais, se assim posso dizer. O *Sujinho ou Limpinho* para Wren com vodca de baunilha e licor de chocolate Godiva, o *Dançando na Neve* para Emily com rum Bacardi e coco, o *Cosmo Brilhante* para Shepherd, que é apenas um Cosmo comum com uma tonelada de purpurina comestível na borda, e mesmo que ele quase nunca beba além de uma cerveja com os caras de vez em quando, o *Snoop Noggy Nog* para Bodhi, composto por vermute e creme de leite.

— As bolas de Palmer são tão deliciosas quanto este coquetel — Birdie reflete, e faço uma careta, tomando um gole do canudo listrado. Estou muito feliz por minha melhor amiga estar noiva do amor de sua vida, mas Palmer é como um irmão para mim, e é realmente difícil olhá-lo nos olhos quando sei o tamanho exato, forma e sabor de suas bagas de azevinho. — Lembre-me novamente por que você continua dizendo a todos que Bodhi está morto em vez de estar trabalhando como elfo na festa de Natal do Corpo de Bombeiros esta noite?

— Tecnicamente, a maioria dessas coisas realmente aconteceu; ele só não morreu por causa delas. — Dou de ombros, mergulhando dois copos sujos que alguém colocou no bar na água quente com sabão na pia de lavagem, depois na pia de enxágue, seguido pela pia desinfetante, antes de colocá-los ao lado dos outros copos no tapete para secar. — Na verdade, ele foi atropelado um pouco pelo trem de carrinho de golfe Expresso Polar que as pessoas podem andar pela ilha para ver as luzes. Ele realmente caiu do telhado pendurando luzes de Natal no dia seguinte ao Dia de Ação de Graças. E seu pau ficou fora de ação por três dias após uma intensa guerra de armas Nerf com Owen, seguido pelos dois pontos que ele precisou levar na cabeça depois de deslizar pela lareira durante a batalha e tirar todas as minhas meias e seus porta-meias de ferro fundido. Tenho certeza de que é apenas uma questão de tempo até que ele tente emendar os fios de luzes quebradas enquanto toma um banho de espuma e realmente morra.

— Ele é um grande maconheiro sem qualidades redentoras, mas eu com certeza amo o cara. — Birdie ri.

Um rosnado baixo e estrondoso sai de mim, e Birdie rapidamente pega sua bebida no bar e começa a se afastar, assim como Jan fez alguns minutos atrás. Uma coisa é eu chamar meu namorado de maconheiro, só que ninguém mais pode fazer isso.

Sim, meu namorado fuma muita maconha. E consome muitos produtos com erva também. E tem mais cachimbos do que peças de roupa, e sempre tem seu vape para emergências. Sei que as pessoas olham para o

cara e acham que ele é ridículo, nunca leva as coisas a sério, que nunca vai crescer e não faz nada o dia todo, todos os dias, a não ser fumar maconha e tirar uma soneca.

Mas eu sei por que ele é do jeito que é, especialmente depois que me contou sobre seu passado. Sei que, depois que deixou sua antiga vida, ele finalmente encontrou alguma liberdade e felicidade, mas também encontrou um caso debilitante de ansiedade social junto com ataques de pânico. Sei que, se Bodhi estiver completamente livre da maconha, ele não consegue nem pegar o telefone e pedir uma pizza. Ele não vai sair de casa. Não consegue lidar com grandes multidões de pessoas ou muito barulho. Não ri facilmente, seus sorrisos são forçados e ele simplesmente se fecha completamente e sente que não consegue funcionar. Prefiro que ele utilize maneiras "orgânicas" de se regular do que desenvolver um problema com bebida ou ter que tomar tantos medicamentos prescritos que o transformem em um zumbi.

Se ele não passasse de um maconheiro perdedor, minha casa não estaria sempre impecável, minhas roupas nem sempre seriam lavadas, dobradas e guardadas, e minha geladeira e despensa nem sempre estariam magicamente abastecidas com comida. Claro, é principalmente porque Bodhi sempre tem fome e literalmente terá um colapso se estivermos sem doces de alcaçuz ou batatas fritas e guacamole da Red Vines, mas ainda assim... Se ele não passasse de um maconheiro perdedor, o jantar nem sempre estaria na mesa quando eu entrasse pela porta ou trazido para mim no bar quando eu estivesse no turno da noite.

E claro, nunca sei com que tipo de novo emprego Bodhi voltará para casa de uma semana para a outra, mas gosto disso nele. Gosto que ele não se contenta apenas com um trabalho em horário comercial que o deixa infeliz porque é o que a sociedade diz que ele deve fazer. Gosto que não gaste um centavo da quantia gigante de dinheiro que ganhou todos esses anos como *caddie* de Palmer até encontrar algo importante e no qual valha a pena gastar esse dinheiro. E o ameacei em mais de uma ocasião de que ele nunca poderia usar aquele dinheiro comigo. Bodhi ganhou antes de estarmos juntos, e é dele, não tem nada a ver comigo. Sendo o bom ouvinte que é, bem quando estou começando a entrar em pânico para pagar as contas, ele encontra uma convenção de swingers que precisa de um moderador de jogos, ou alguém querendo aulas de surf, e o resto do dinheiro que preciso para as contas é magicamente depositado em minha conta bancária no dia seguinte.

Posso não querer nada do dinheiro que ele ganhou antes de mim, mas esse homem agora mora comigo, dorme na minha cama, caga no meu banheiro e encontro suas meias sujas por toda a porra da casa, porque parece ser a única coisa que ele nunca consegue limpar. Claro, ele precisa ajudar a pagar essas contas. Eu não abrigo aproveitadores, não importa o quão bons eles sejam com o pau.

Bodhi quebrou mais itens em minha casa correndo em um de seus picos de açúcar ou jogando bola com Owen, então finalmente percebi que não devo ter coisas boas. Mas ele cuida de mim, me faz rir e não leva as coisas tão a sério o tempo todo, é um ótimo ouvinte e dá ótimos conselhos. Sim, ele pode ser infantil pra caralho na maior parte do tempo e pode me deixar louca em alguns dias, mas não quando o assunto é sério. Pela primeira vez na vida, fico na defensiva em relação a um cara com quem estou saindo. O cara que pensei que seria um caso de uma noite seis meses atrás, e que está dormindo no meu sofá desde então.

Ok, tudo bem, Bodhi só dorme no meu sofá quando eu termino com ele por ter realmente me irritado, o que é apenas três vezes por mês. Que é praticamente nunca. Isso é tudo culpa dele por me fazer ter sentimentos e essas merdas. Ele é o primeiro cara que já namorei que me deixa ser eu mesma sem me fazer sentir mal sobre quem sou. Ele entende que estou sempre certa e é o meu jeito ou a porta da rua, e realmente o excita quando eu bato o pé e lhe dou ordens.

Bodhi não estufa o peito e tenta agir como se, só porque tem um pau, precisa estabelecer todas as regras. Ele não tem um ego gigante que não aguenta ficar com uma mulher forte e independente, e quando peço para ele comprar absorventes na loja, sua única resposta é: "qual é a situação do fluxo hoje em uma escala de *leve* para *isso parece uma cena de crime*, e também precisamos de chocolate?". E se eu pensar em como ele é excelente em dar orgasmos, provavelmente vou desmaiar. Sei que sou uma vaca. Sei que sou complicada, tagarela e geralmente odeio pessoas e não sou a mulher mais fácil de se conviver, mas, por algum motivo, Bodhi gosta disso em mim. E me assusta pra caralho, porque, na verdade, me faz pensar que quero coisas nojentas com ele, como casamento e bebês.

Meus olhos se enchem de lágrimas quando de repente tenho a mesma visão que tenho tido ultimamente de Bodhi colocando um anel de cânhamo em meu dedo — porque o que mais Bodhi colocaria em meu dedo? Adicione uma batida de pé só por garantia até que as lágrimas diminuam.

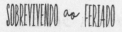

— Isso é realmente *você* tendo uma mudança de humor bizarra bem na minha frente, ou você vai culpar um tumor cerebral de novo? — Birdie pergunta, com uma sobrancelha arqueada.

— Pequeno Tim, o tumor, é a única razão pela qual tenho estado tão aérea ultimamente — eu a lembro. — Tive febre, sinusite, visão turva, tontura e fico sonhando acordada com casamentos e bebês. Estou quebrada, e a única explicação plausível para minha fragilidade é que estou morrendo por causa de um tumor cerebral, e tudo começou na noite do maldito pedido de boquete. Bodhi me deu um tumor.

— Fala sério! — Birdie ri e toma outro gole de sua bola. Meus amigos parecem não querer embarcar na história do tumor comigo ainda e se recusam a me levar a sério, mas tudo bem. Ela vai ver em breve. — Bem, você ficará feliz em saber que passei oficialmente a tocha para Bodhi e enviei a ele um texto explicando o que é exigido dele, e agora tem a responsabilidade de ser o adulto a quem o médico liga com os resultados dos seus exames. Você vai literalmente jogar o pior telefone sem fio de todos os tempos. Eu posso sem dúvidas ver o médico dizendo a Bodhi que você tem azia, então ele vai fumar um pouco de maconha e acabar dizendo que você precisa de um bypass triplo.

Reviro os olhos quando Birdie chama isso de responsabilidade de adulto, embora tenha sido exatamente assim que falei quando cheguei em casa do médico outro dia, chateada por ele não ter feito uma varredura de corpo inteiro para encontrar Pequeno Tim, o tumor, e apenas queria tirar onze bilhões de frascos de sangue. O que resultou em eu brigando com Bodhi e dizendo a ele que não chegaria perto de mim com um anel de cânhamo, a menos que ele assumisse o trabalho de adulto de obter os resultados dos meus exames para mim, em vez de Birdie, para ver quão responsável ele pode ser quando precisa dizer que estou morrendo. Sim, tenho um caso bizarro de ansiedade quando se trata de médicos e resultados de exames. Birdie sempre foi a primeira a receber a ligação do médico para que ela pudesse contar o que quer que fosse para mim gentilmente, desde aquela época que pensei que estava morrendo de câncer de bexiga e me recusei a atender o telefone, e acabou que eu tive apenas uma infecção urinária.

Como não fui exatamente sincera sobre todos os meus pesadelos de casamentos e bebês, o comentário sobre o anel de cânhamo realmente deixou Bodhi confuso. Tenho certeza de que ele só concordou com minhas exigências para que eu parasse de gritar e jogar suas meias na lareira.

TARA SIVEC

Eu só quero desaparecer em algum lugar e ter um Natal tranquilo enquanto Bodhi me dá múltiplos orgasmos até que minha sentença de morte chegue. Isso é pedir muito?

— Bem, boa sorte com isso. Tenho certeza de que Bodhi será muito responsável quando o médico ligar e tiver que informar oficialmente que você é maluca — Birdie declara, com um sorriso, e pego o isqueiro de haste longa que usei para acender as velas em todos os enfeites centrais de azevinho e pinho. — Então, de qualquer maneira, não se esqueça de que teremos uma noite de artesanato de Natal na casa de Wren e Shepherd amanhã à noite, porque ele precisa de nossa ajuda com todos aqueles pedidos de camisas de última hora. Domingo é Sundaes com Papai Noel na Girar e Mergulhar. Depois temos a festa de troca de enfeites com nosso clube do livro, a festa de troca de enfeites com as meninas do ensino médio, a festa de troca de enfeites com os funcionários do CGIS...

Birdie desaparece quando clico repetidamente no botão de acender no isqueiro, então a chama pisca enquanto olho para ela.

— Quer saber? Vou apenas enviar uma mensagem com a lista de todas as coisas divertidas de Natal que ainda temos para fazer.

— Estou tão emocionada com tal alegria que não consigo lidar com isso — digo, sem expressão.

Birdie acena para mim e finalmente se vira e desaparece na multidão de festeiros felizes para encontrar Palmer. Abaixando o isqueiro, puxo distraidamente a toalha do bar do meu ombro e começo a limpar o tampo do balcão de madeira brilhante, olhando ao redor da sala e desejando poder voltar a ser como era quando eu era normal. Tenho me sentido uma merda mental e fisicamente nos últimos dois meses. Desde que Bodhi deixou escapar um pedido de casamento quando eu estava com o pau dele na boca. O que é principalmente a causa da minha teimosia sempre que alguém me pergunta sobre o nosso futuro. Quem ele pensa que é, jogando algo assim no universo quando sabe muito bem que nenhum de nós é do tipo que se acomoda para sempre, e é exatamente por isso que trabalhamos? Eu terminei aquele maldito boquete como uma profissional depois de mandá-lo se foder, mas foi definitivamente a noite em que tudo começou a declinar. Minha saúde e meu estado mental.

Maldito Bodhi e seu pedido de casamento ridículo...

— Ei, Tess! Então, quando você...

— Foda-se. Bodhi e eu nunca vamos nos casar e nunca vou espremer demônios do meu biscoito de Natal, porque, francamente, Amber, prefiro ter uma vagina funcionando perfeitamente em vez de um buraco caverno-so — cortei Amber Ellenburg, a proprietária da Imobiliária Ilha Summer-sweet. — Posso reabastecer sua gemada com especiarias? Botar fogo no seu suéter de Natal?

Amber não se afasta lentamente do bar como Jan e Birdie. Ela se vira e foge dali, empurrando as pessoas para fora do caminho até desaparecer na loja perto do bar, onde tiravam fotos com o Papai Noel. Imediatamente me sinto culpada pelo que disse, depois fico chateada comigo mesma por me sentir culpada. *Tess Powell não se sente culpada por merda nenhuma.*

Pelo menos eu *achava* que não até aquele estúpido pedido em pleno boquete.

Birdie e Palmer estão ocupados fazendo planos de casamento para o próximo verão, e Palmer não cala a boca sobre engravidá-la assim que Birdie disser "aceito". Shepherd está planejando pedir Wren em casamen-to no meio de um campo de baseball quando eles levarem Owen em uma viagem para Califórnia após o primeiro jogo do ano. E tenho certeza de que não demorará muito até que ela dê um irmãozinho para Owen. E Emily... bem, a vida amorosa de Emily é um maldito show de merda neste momento, mas é apenas uma questão de tempo até que ela escute sinos de casamento no cérebro. Estive em dois chás de bebê no mês passado e recebi quatro convites de casamento pelo correio na semana passada. Es-tou cercada por casamentos e bebês nesta ilha e, pela primeira vez na vida, quero dar o fora de Summersweet. É este lugar que está causando estragos em mim e me fazendo sentir toda mole e enjoada; eu tenho certeza. Bem, este lugar e o bom e velho Pequeno Tim.

Quando as pessoas começam a sair do bar para ir ao restaurante do campo de golfe, Hora do Tee, para a troca de presentes do elefante branco e ele se acalma um pouco, ouço meu telefone tocar com uma mensagem de texto recebida e o pego debaixo do bar onde guardei ao lado da minha bol-sa. Sorrio quando vejo a mensagem, com um friozinho na barriga. Então, imediatamente fico irritada porque uma mensagem idiota de um garoto idiota me deixa tonta. Eu não fico tonta.

> **Bodhi:** Como vai, minha pequena incendiária? Você já matou alguém?

> **Eu:** Vá se foder.

Bodhi: Esse é o espírito! Também sinto saudade. Como você está se sentindo? Sua febre passou?

Eu: Minha febre passou, mas ainda estou morrendo de um tumor no cérebro. Eu o chamei de Pequeno Tim. Viu? Eu posso ser criativa.

Bodhi: Você não está morrendo de um tumor cerebral. Mas agora uma pergunta séria... podemos ter um animal de estimação e chamá-lo de Pequeno Tim, o Tumor? Talvez algo da família das tartarugas.

Eu: Não vamos pegar uma tartaruga. Não há outra explicação para eu chorar enquanto assistia a um filme de Natal da Hallmark com você ontem, além do fato de que estou morrendo de alguma doença incurável com apenas alguns meses de vida. Não choro desde aquela vez em uma terça-feira em 1998, quando bati o dedo do pé.

Bodhi: Você chorou porque aquele filme era sobre um viúvo que se mudou para uma pequena cidade para administrar a pousada local e nunca pensou que amaria de novo, ao mesmo tempo em que venceu a competição de culinária da cidade e fingiu namorar a filha do Papai Noel para que o Papai Noel parasse de pressioná-la para se casar. Foi comovente, bonito e mereceu nossas lágrimas, Tess. Você não chorou porque está morrendo.

Eu: Tanto faz. Alguma coisa está errada comigo. Você vai ver. E já dei ao meu médico o número do seu celular, e ele tem instruções estritas para ligar para você e somente para você. Você provavelmente deveria começar a praticar como vai me dizer que estou morrendo. Pode rir, mas apenas por três a cinco segundos, e então deve ficar sério.

Bodhi: Eu sei do que você precisa.

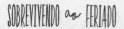

Eu: Se você disser que é do seu pau, eu vou te esfaquear com uma bengala doces.

Bodhi: Eu não ia dizer isso.

Bodhi: Eu ia dizer "venha sentar no meu Polo Norte". De qualquer forma, acho que você precisa de alguns dias para recarregar. Afastar-se da loucura do Natal e das duas novas remessas de glitter Shepherd que acabaram de chegar da Amazon hoje para aquelas camisetas de férias que devemos ajudar a fazer.

Eu: Ainda posso sentir o gosto do brilho daquelas malditas camisas de Dia de Ação de Graças com as quais tivemos que ajudar.

Eu: E, por mais adorável que pareça uma fuga, não tenho tempo para planejar isso na semana antes do Natal. Olha só... Birdie acabou de me enviar uma mensagem com nosso calendário social para a próxima semana. Parece que vou estar ocupada morrendo antes de morrer DE VERDADE.

Bodhi: Não se preocupe com nada. Bodhi está cuidando disso e cuidará de tudo.

Eu: Como na vez em que você "cuidou" de fazer o recheio para nosso primeiro Dia de Ação de Graças juntos e esqueceu que o recipiente que você rotulou como molho não era realmente molho? Você tem sorte de eu me recusar a comer pão encharcado que foi cozido na carcaça de um pássaro.

Bodhi: Certo, então talvez seja um pouco melhor do que isso. Mas todo mundo estava de ótimo humor pelo resto do dia, e eles literalmente comeram tudo, e não tivemos uma semana comendo as sobras. Além disso, Murphy riu! Melhor momento da minha vida até agora.

TARA SIVEC

Eu: Você está esquecendo que ele tentou te estrangular depois que ficou sóbrio?

Bodhi: Ele não estava tentando me estrangular. Foi apenas um abraço bem firme com as mãos, enquanto ele me montava no chão. E vou lidar com isso como um adulto responsável que será um excelente marido, caso você decida ter um em um futuro próximo.

Eu: Vai. Se. Foder.

Bodhi: Também te amo, querida. Vejo você quando chegar em casa. Serei o cara peladão perto da árvore, usando apenas um par de orelhas pontudas de elfo.

Bodhi: Para sua informação, é para o nosso cartão de Natal no próximo ano.

CAPÍTULO 2
DIGA MEU NOME

Dias atuais, uma semana antes do Natal. Ilha Summersweet.

(310) 867-5309: Ei, Millie! Desculpe a demora, mas preciso da sua ajuda com algo muito importante.

Millie: Ai, meu Deus, eu disse que você não tem permissão para me enviar mensagens.

(310) 867-5309: Sério, Millie? Espere... você se internou na reabilitação de novo só porque gosta do café? Você sabe que eles recolhem seu telefone todas as vezes, e você sempre se mete em problemas por tirá-lo da "prisão".

Millie: Em primeiro lugar, eu não fui para a reabilitação essas três vezes. Eu estava lá visitando Ben Affleck, e ele estava tão triste e solitário que decidi ficar por algumas semanas. E eles realmente têm o melhor café de todos. De qualquer forma, por que você está me mandando uma mensagem? Foi uma noite. Você PRECISA me superar.

(310) 867-5309: Bem, isso certamente é divertido! Quem exatamente você pensa que é?

TARA SIVEC

> **Millie:** O cara com quem fiquei em Mykonos?

> **(310) 867-5309:** Uhm, definitivamente não.

> **Millie:** O cara com quem fiquei em Palm Springs?

> **(310) 867-5309:** Negativo, nem de perto.

> **Millie:** O cara com quem transei no camarim da Prada na Rodeo Drive?

> **(310) 867-5309:** Vamos ficar aqui por um tempo, não vamos? Cara, você fica seis meses sem falar com alguém que você é amigo DESDE SEMPRE, e eles esquecem quem você é. Que tal uma dica? Você estava comigo na primeira vez que comi cogumelos e vomitei nos seus Louboutins.

> **Millie:** Frankie Muniz? Michael Bublé? Steve Guttenberg? Alguma das gêmeas Olsen? Honestamente, essa é a pior dica da HISTÓRIA.

> **(310) 867-5309:** Ok, que tal... Acabei de introduzir algumas variedades novas que você pode gostar: Rudolph, a Rena do Olho Vermelho, Feliz Maconhal, A felicidade não é marijuana e Brisa de Inverno.

> **Millie:** BODHI!!!! Meu doce e maravilhoso amigo! Peço desculpas pela confusão. Acabei de comprar um celular novo devido a um pequeno stalker e perdi todos os meus contatos.

> **Bodhi:** Stalker?! Você está bem?

> **Millie:** Tudo tranquilo. É tipo, o terceiro este mês. Estou tão entediada com a falta de imaginação e continuidade deles. Eu entendo... Você quer que eu morra. E ainda, onde você está? Certamente não fora da minha casa, onde deixei para você uma bela tábua de frios que foi desperdiçada. Enfim, onde você esteve?! Você sumiu da face da terra depois que aquele jogador de futebol para quem você trabalhava jogou a bola dele na água.

SOBREVIVENDO *ao* FERIADO

Bodhi: Era um jogador de golfe e... deixa pra lá. Eu estou ótimo. Melhor do que isso, na verdade, e é por isso que estou mandando uma mensagem para você. Estou apaixonado, Millie. Estou apaixonado, e ela é perfeita, e minha mulher precisa de uma pausa, e preciso tirá-la daqui por alguns dias para tentar pedi-la em casamento de novo, e espero que ela não me diga para me foder outra vez.

Millie: Meu Deus, eu já a amo! Traga-a para mim. Traga-a para mim neste instante para que possamos almoçar, fazer compras, fazer tratamentos faciais e sermos melhores amigas para sempre!

Bodhi: Pois é, isso não vai acontecer. Por mais que te ame, não volto a Los Angeles há doze anos, e definitivamente não vou voltar agora. E também, Tess está um pouco... tensa ultimamente. Ela precisa de silêncio, calma e qualquer coisa inflamável mantida a uma boa distância dela, a menos que esteja segura em um lugar à céu aberto. Eu queria saber se você ainda é amiga de Allie Parker e se ela ainda está com aquele cara cuja família é dona da pousada que você me falou no Natal passado.

Millie: Isso é exatamente o que estou dizendo! Estou na Casa Redinger agora ajudando, e você TEM que vir! Os pais de Jason saíram de férias pela primeira vez e deixaram Allie e ele no comando. E agora é Allie Redinger. Ela se casou com Jason durante o verão e, ai meu Deus, eu estava simplesmente deslumbrante no vestido de dama de honra que Vera Wang fez para mim. Não percebi, mas, de acordo com Allie, está um pouco movimentado aqui agora, mas tudo bem. Vou cancelar a reserva de alguém.

Bodhi: O quê? Não! Não faça isso! É a semana antes do Natal!

TARA SIVEC

> Millie: Pronto! Cancelei o Sr. e Sra. Carter Ellis. Eles soam como pessoas horríveis de qualquer maneira. Estou mandando uma mensagem para você com o endereço neste momento. Traga o Feliz Maconhal com você e incluirei uma garrafa de champanhe grátis e seu próprio mordomo pessoal. Tenho certeza de que estou autorizada a fazer isso.

> Millie: E não se assuste com o endereço de Virgínia Ocidental. Eles realmente têm encanamento interno e eletricidade! Eu sei. Também me chocou. Só que você terá que trazer seu próprio sommelier de vinho.

CAPÍTULO 3
MINHA NOSSA

bohdi

— *Não* toque o sino do Papai Noel de novo!
— Tire isso da boca! Não comemos enfeites de Natal.
— Não, não, não toque na animada Sra. Noel! Podemos olhar, mas não tocar.
— Claro, acho que parece macarrão brilhante, mas isso não significa que enfeites sejam comida.
— A guirlanda de pinho não deve ser usada como corda de pular. Abaixe isso!
— Pelo amor de Deus, Bodhi, você é o único outro adulto aqui comigo. Pare de incentivá-los!

Finalmente coloco a guirlanda de pinho no chão quando Tess me contraria, e a criança com quem eu estava brincando imediatamente cai de bunda no chão e começa a chorar. E, como um conjunto de dominós, uma vez que o primeiro cai, todo o resto cai depois. Dez crianças com idades entre o suficiente para engatinhar e o suficiente para chutar você nas bolas, todas se jogam no chão, gritando e chorando com grandes e gordas lágrimas caindo em suas bochechas.

— Estou no inferno — Tess sussurra, olhando ao redor do saguão da área de *check-in* da Casa Redinger, enquanto um Papai Noel ativado por movimento sentado no balcão deixa cair sua calça de veludo vermelho e começa a balançar suas nádegas de plástico para frente e para trás, *Bate o Sino* tocando em um alto-falante aos seus pés. Pelo menos está em perfeita harmonia com todo o choro. — Você me trouxe para o inferno.

Atravessando a área e cautelosamente passando por crianças chorando para ficar atrás de Tess ao lado do balcão de *check-in*, descanso minhas mãos em seus ombros e começo a fazer uma massagem suave, reforçada pelo fato de que ela não me dá um tapa imediatamente e nem enfia o cotovelo na minha virilha. Com Tess, uma massagem às vezes pode funcionar como uma arma de choque, deixando-a completamente imóvel e incapaz de infligir danos às pessoas ao seu redor.

Quando paramos pela primeira vez no prédio colonial branco de dois andares com acabamento preto aninhado nas montanhas de Virgínia Ocidental em uma pequena cidade chamada Snowfall Mountain, ele estava modestamente decorado com apenas guirlandas de pinho e luzes brancas nas grades da varanda e uma guirlanda festiva pendurada na porta. Tess realmente me deu um sorriso do banco do passageiro antes de caminharmos pela neve e entrarmos. Achei que a soneca que ela tirou quase o dia inteiro encolhida contra a porta do passageiro no carro que alugamos foi exatamente o que o médico receitou. E então nós entramos pela porta da frente da pousada, e eu estou honestamente surpreso por nada no meu corpo estar pegando fogo.

Além da explosão de decorações de Natal na entrada que ocupa todas as superfícies disponíveis, desde guirlandas e luzes que revestem cada centímetro do teto, portas e janelas até pelo menos quinze bonecos de Natal animados e três árvores totalmente decoradas, a Casa Redinger parece ter sido tomada por crianças, e não vimos um adulto desde que chegamos aqui quinze minutos atrás. Estou me divertindo muito brincando com todo mundo e tentando mantê-los vivos até descobrirmos o que está acontecendo, mas minha pobre Tess parece que vai vomitar a qualquer momento. Isso não vai funcionar, já que a trouxe aqui especificamente para fugir do caos natalino na Ilha Summersweet, relaxar e tornar-se mais habituada com a ideia de passar o resto da vida comigo.

Olhando para o perfil de Tess, continuo com minha massagem relaxante no ombro, mas seu rosto fica cada vez mais pálido enquanto ela olha ao redor com desgosto. Provavelmente pela milionésima vez desde que entrei na loja do CGIS seis meses atrás e vi essa coisinha mal-humorada com — na época — cabelo ruivo vibrante e um sorriso matador, me pergunto

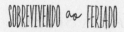

como diabos tive tanta sorte. Uma das piores partes da minha vida anterior era a monotonia e o mapa da minha vida com apenas um conjunto de direções que eu tinha que seguir. Acordar todos os dias sabendo que vou fazer as mesmas coisas de sempre e seguir o mesmo caminho. *Usar as mesmas roupas, andar com as mesmas pessoas, ir aos mesmos lugares, estudar as mesmas coisas e fazer as mesmas escolhas.* Mesmo depois que fui embora, nunca mais me vi ficando no mesmo lugar. Acordar todas as manhãs com Tess, sem saber se ela vai querer chupar meu pau ou cortá-lo como um cutelo, vale a pena ficar parado por isto.

A vida com Tess é aterrorizante e excitante, tudo ao mesmo tempo. Eu nunca sei o que vai acontecer de um segundo para o outro, e é a melhor aventura em que já estive na vida. E uma vez convenci um monge budista a fazer uma viagem de ônibus de três semanas pela Alemanha comigo depois que ele enfiou uma carreira de cocaína no pulso de uma prostituta em Amsterdã.

Adoro que ela mude a cor do cabelo com mais frequência do que compro maconha, embora goste muito do azul-royal brilhante que vem usando no último mês. Amo que seu armário esteja cheio apenas com roupas pretas, mas ela possui um par de All Stars em todas as cores do arco-íris. Amo que o mapa para Tess Powell é como o Mapa do Maroto de Harry Potter, constantemente desaparecendo, mudando e me fazendo adivinhar como ela está se sentindo. Mas geralmente com muito mais fogo e pessoas gritando, enquanto travessuras definitivamente não são gerenciadas. Amo o quão ferozmente leal e protetora ela é com as pessoas de quem gosta. Amo que, mesmo antes de ela saber qualquer coisa sobre meu passado ou minhas lutas contra a ansiedade, ela nunca zombou de mim ou me julgou pelo meu uso de maconha. E depois que ela descobriu? Bem, vamos apenas dizer que me tornei uma das pessoas em sua vida que ela é ferozmente leal e protetora, e me sinto como a porra do rei do mundo desde então.

Talvez não um *rei*. Seria muita pressão. Algo não tão cheio de pompa. Lorde Bodhi Armstrong de Tess Powell Manor soa bem.

Mas estou morrendo de medo que ela esteja farta das minhas merdas e a melhor coisa que já tive na vida vai me jogar no lixo com todo o papel de embrulho de Natal usado e amassado no dia 26 de dezembro.

— Ah, Deus, está no meu pé. Está no meu pé! — Tess reclama; quando olho por cima do ombro, vejo um bebê adorável usando um macacão vermelho com cabeças de Rudolph, rastejando por cima de um dos coturnos de Tess. — Posso dar um chute?

TARA SIVEC

Com uma risada, tiro as mãos dos ombros de Tess, contornando-a, e pego o garotinho antes que ele chegue à árvore ao lado do balcão e tente comer os galhos baixos novamente.

Minha cabeça vira para Tess assim que o tenho em meus braços quando um som estranho de gemido sufocado sai dela ao me olhar com os olhos arregalados.

— Você está bem, minha pequena incendiária?

Uma parte de mim meio que espera que ela esteja olhando para mim segurando este bebê toda "me engravide agora mesmo, Bodhi!", mas as chances de isso acontecer são quase tão altas quanto a chance de eu não estar chapado no momento.

Para quem não está prestando atenção, isso seria zero, pessoal. Estou chapado pra caralho neste momento.

Antes que eu possa descobrir se Tess vai vomitar ou me dar um soco, outro adulto finalmente se junta a nós e arranca o bebê de meus braços ao passar, falando a mil por hora. Ou pelo menos acho que está falando a mil por hora. Pode muito bem ser a *verdinha*.

— Bodhi! É tão bom ver você, embora eu tenha certeza de que não se lembra de mim no colégio, porque ninguém nunca se lembra que havia uma terceira irmã Parker. Mas, de qualquer forma, sinto muito por todas as crianças. Não tenho ideia do que está acontecendo, mas deixe-me fazer o *check-in* de vocês o mais rápido possível. Você deve ser Tess. Sou Allie Redinger, seus coturnos são o máximo e agora também quero um par.

Quando Allie finalmente para e respira, o comentário dos coturnos derrete o gelo usual em torno de minha garota quando ela conhece alguém novo. O fato de Allie estar vestindo uma camisa de flanela sobre uma camiseta com um par de jeans furados e Vans, e não enfeitada com um hediondo suéter de Natal, provavelmente dá a ela alguns pontos a mais com Tess também. Tess dá a Allie aquele sorriso matador que me dá vontade de despi-la bem neste saguão, enquanto Allie levanta o bebê mais alto em seus braços. Então ela enxota outra criança de uma tomada e gira em um círculo com uma expressão de pânico no rosto, o resto das crianças decidindo que finalmente terminou com suas pequenas crises de choro e está pronto para fazer alguma merda de novo. Uma pequena árvore em uma mesa lateral é derrubada, um pisca-pisca é puxado para baixo de uma das janelas, e eu não sou especialista em bebês, mas tenho certeza de que não é chocolate o que está no canto, é pintura a dedo com em um boneco de

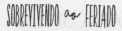

39

neve animado balançando para frente e para trás com velas em suas mãos de boneco de neve.

— Estou de volta e você ficará feliz em saber que estou livre de estresse e que aquele *peeling* facial me fez sentir dez anos mais jovem! — A porta da frente se abre com esse anúncio, trazendo vento, rajadas de neve e minha velha amiga Millie, que puxa as lapelas de seu casaco de vison marrom até o chão e estremece antes de bater a porta com o quadril para fechá-la.

— Que diabos, Millie? — Allie grita, pegando a única outra criança dali que ainda não consegue andar, segurando um bebê em cada braço e tentando impedir que três crianças fiquem atrás do balcão. — Essa creche para os pais terem um dia livre de compras de Natal e sair para comer com tranquilidade foi ideia sua! Você disse que iria cuidar deles na nova brinquedoteca que Jason montou há alguns meses para que eu pudesse terminar de lavar todos os pratos do jantar!

— Eu fiz. Cuidei para que eles não fazerem nada por tipo, cinco minutos, e foi super chato. Você nunca disse que eu tinha que vigiá-los o tempo todo. — Millie revira os olhos, trotando rapidamente na ponta de suas botas de cano alto, beijando o ar em ambas as minhas bochechas antes de ir direto para Tess.

— Bodhi estava certo. Você é perfeita e uma deusa. O que vocês vão fazer pelo resto da noite? Minha agenda está livre, então devemos ir beber uns coquetéis.

Tess abre a boca para responder, mas é imediatamente interrompida por Allie.

— Sua agenda não está livre. Você está aqui para ajudar, como prometeu quando disse que queria vir nos visitar durante a época mais movimentada do ano.

— Isso não parece nada comigo. — Millie nega com a cabeça, enquanto Allie impede uma das crianças de colocar um pisca-pisca na boca.

A porta da frente se abre e se fecha novamente, trazendo um homem baixo e careca com um par de chifres de rena na cabeça, que parece ter cerca de quarenta anos.

— Não sei como você pode andar tão rápido com esses saltos. Eu tive que correr os últimos três quarteirões só para não te perder de vista — o cara diz para Millie, limpando a neve dos ombros de seu casaco, dando um passo à frente para estender a mão para mim. — Olá. Sou Sheldon. Feliz Natal! Vi uma foto sua no computador de Millie, mas sinto muito por não saber seu nome.

— Ah, meu Deus, onde está minha educação? Sheldon, este é meu amigo mais antigo e querido, Bodhi, e sua namorada, Tess — Millie apresenta, e apertamos as mãos. — E este é Sheldon Johnson. Meu *stalker*.

Eu imediatamente solto a mão de Sheldon, meu braço disparando para a frente de Tess enquanto rapidamente a movo para trás de mim e para mais longe desse cara. O mais chocante de tudo é que Tess realmente *me deixa* protegê-la. Por cerca de cinco segundos, até que ela me dá um soco no braço e sai de trás de mim.

— Gente, está tudo bem! — Millie nos tranquiliza, sorrindo para Sheldon, o rosto para baixo. E eu quero dizer para baixo *mesmo*. O cara é pelo menos trinta centímetros mais baixo que os um e setenta de Millie. — Ele me seguiu até aqui desde Utah. Quero dizer, é uma dedicação séria e sinto que merece o devido reconhecimento. Eu o notei espreitando em um beco ao lado do Spa quando saí, então o convidei para um café. Sheldon não queria cortar minha pele do meu corpo *pra valer* e usá-la como um vestido; ele estava apenas tendo uma segunda-feira ruim. Todos nós temos dias ruins. Ele é realmente muito tranquilo, e tudo é muito mais engraçado agora que sei que ele não usou sangue de porco *de verdade* para escrever todas aquelas cartas.

Quando Sheldon e Millie riem, é a vez de Tess estender um braço protetor na minha frente, nos forçando a dar alguns passos para trás. Felizmente, Allie tem estado ocupada balançando dois bebês para cima e para baixo e tentando acalmá-los por estarem chorando de novo e não ouviu a alegre notícia de que agora há um *stalker* com uma predileção por vestidos de pele como seu hóspede neste feriado.

— Milie! — Allie finalmente chama sobre os bebês que gritam, enquanto ela consegue reunir todo o resto deles no que parece ser uma brinquedoteca logo após a recepção. — Venha aqui e tome conta dessas crianças para que eu possa fazer o *check-in* dos nossos convidados.

Millie beija a mim e a Tess de novo, prometendo passar no nosso quarto mais tarde quando estivermos acomodados, antes de pegar a mão de Sheldon e puxá-lo. Ela desaparece na brinquedoteca com as crianças pequenas, e Tess murmura um *"ah, Deus do céu"*, quando Sheldon alegremente dispensa Allie de ambos os bebês, arrulhando e falando com vozinha de bebê enquanto os leva para Millie.

— Não são nossos filhos, não é problema nosso — Tess sussurra várias vezes e Allie volta correndo pelo saguão para trás do balcão da recepção,

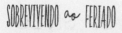

41

digitando rapidamente no computador. Conto os segundos até Tess e eu finalmente ficarmos sozinhos, e ela conseguir a paz e a tranquilidade de que precisa. De preferência depois de alguns orgasmos.

— Deixe-me esclarecer algumas coisas antes de mostrar seu quarto — Allie diz, e passo meu braço em volta dos ombros de Tess, dando-lhe um aperto reconfortante para que ela saiba que, independentemente do show de merda em que nos metemos, tudo correrá bem pelo resto de nossa estada aqui. — Caso Millie tenha lhe dito que temos mordomos personalizados para cada hóspede, serviço de quarto para animais de estimação, equipamento de ginástica de cortesia, tratamentos de massagem 24 horas, banhos Prosecco mediante solicitação ou máquinas de venda automática de rosé em cada quarto, como ela tem dito a qualquer pessoa que liga ou faz *check-in*, nós não temos.

— Ainda não consigo entender como você vive assim — Millie fala, espiando pela porta da brinquedoteca. — É como se você fosse Amish agora.

— Está tudo bem — Tess tranquiliza Allie quando Millie desaparece de volta na creche do *stalker*. — Somos bem de boa e não precisamos de nada sofisticado assim.

Concordo com a cabeça, quando ouvimos um estrondo na sala de estar, seguido pela voz alta de Millie.

— *Quem quer brincar de adivinhar o que há nos frascos de remédios sem marca na Birkin da tia Millie?*

— Eu vou...

— Sim — Tess e eu cortamos Allie ao mesmo tempo, quando ela aponta para a brinquedoteca, faz uma pausa e então sai correndo o mais rápido que pode de trás do balcão e entra lá.

Sabendo que Tess está provavelmente a cerca de dois segundos de me dar um soco no pau por trazê-la aqui, onde até agora tem havido tudo menos paz e sossego, rapidamente agarro seus ombros e a viro para mim. Puxando-a contra meu corpo até que todas as suas partes macias e perfeitas estejam pressionadas contra as minhas duras, coloco minha boca na dela e a beijo como um louco, esperando pelo menos distraí-la por tempo suficiente para que não tente alcançar o isqueiro em seu sutiã.

CAPÍTULO 4
VOU ACABAR COM ELA

tess

"Eu quero..."
"Eu quero um..."
"Eu quero um hipopótamo..."
"Eu quero um hipopótamo para..."

— Bodhi! — grito, estremecendo quando o som da minha própria voz faz minha dor de cabeça piorar. — Pare de abrir e fechar a porta.

Com um grande suspiro, fazendo-me sentir mal por cerca de dois segundos por interromper sua diversão, Bodhi finalmente deixa a porta do nosso quarto fechada pela primeira vez desde que Allie nos trouxe aqui e alegremente nos informou que seu sogro instalou um mecanismo nas portas de cada quarto de hóspedes para tocar a música de coordenação que acompanha o tema do quarto toda vez que você o abre e fecha.

Estou no inferno quando entro neste quarto e estou no inferno quando saio deste quarto. Para onde quer que eu olhe, há hipopótamos alegres usando chapéus alegres de Papai Noel. Temos lençóis de Papai Noel e uma colcha de Papai Noel com uma montanha de travesseiros com hipopótamos, um hipopótamo animado no canto do chão que lentamente tira o gorro de Papai Noel e o coloca de volta, um boneco de um metro e meio de altura e uma árvore em outro canto com luzes brancas cheias de nada além, *adivinhe só*, de enfeites de hipopótamo de Papai Noel. E cerca de um milhão de outros enfeites de parede, bugigangas e decorações por todo o quarto e o banheiro adjacente para combinar com aquele tema horrendo de canções de Natal que não tenho outra escolha a não ser começar a pegar o isqueiro no bolso de trás.

— Querida, você não pode queimar nada neste quarto. Somos convidados aqui, e não seria educado — Bodhi fala, em uma voz lenta e calma ao lado da porta para não me assustar; ando de um lado para o outro ao lado da cama e, infelizmente, removo minha mão do bolso de trás. — Como você está se sentindo?

— Como se eu fosse vomitar, mas tenho certeza que vai diminuir quanto mais tempo eu ficar longe dos demônios pegajosos e sugadores de alma lá embaixo.

Bodhi ri, e quando o som suave e profundo me faz sentir um formigamento, sei que ainda estou fodida da cabeça depois da minha perda momentânea de células cerebrais no andar de baixo, quando ele pegou aquele maldito bebê e eu me senti... toda derretida. Meu corpo inteiro se transformou em líquido, e tudo ficou quente e pegajoso ao vê-lo ali parado aconchegando um bebê em seu peito, e um som estranho e sufocante saiu da minha boca antes que eu pudesse impedir. Wren tem um termo para isso: *orgasmobaby*. Uma perda involuntária de habilidades motoras que resulta em um clímax de excitação emocional quando você testemunha o homem que ama segurando um bebê. Eu tive um maldito *orgasmobaby*!

Que nojo! Saia dessa, Tess!

— Como você ajudou Wren a criar Owen sendo que não suporta crianças? — Bodhi sorri, divertido, colocando seu cabelo loiro desgrenhado atrás de uma orelha, casualmente se inclinando contra a parede ao lado da porta, enfiando as mãos nos bolsos da frente da sua bermuda, e me sento na ponta da cama.

Ele é o único homem que conheço que fica gostoso de bermuda cargo. Uma bermuda e uma camiseta branca justa com uma árvore de Natal verde e as palavras "Animado Pra Noel" impressas nela. Quer esteja sol ou nevando, Bodhi sempre usará bermuda e camiseta. Ele diz que é alérgico a calças e mangas compridas depois de passar a vida inteira vestindo nada além de roupas e ternos de grife pretensiosos. E vamos apenas dizer que estou perfeitamente bem com sua escolha de guarda-roupa, especialmente com as camisas justas.

Se você nunca viu o corpo de um surfista, deveria pesquisar essa merda na internet. E, honestamente, sinto muito por qualquer um que nunca teve o privilégio de estar próximo e ser capaz de estender a mão e tocar um. É preciso ter muitos músculos para remar na arrebentação e pegar uma onda, e Bodhi pegou algumas das maiores do mundo. Sua barriga é tão definitiva que quase quero acabar com a minha proibição de chorar e chorar toda vez que ele tira a camisa.

De repente, lembro que Bodhi me fez uma pergunta sobre Owen, e eu provavelmente deveria parar de babar por ele e responder.

— Sinceramente, eu não suportava Owen até que ele pudesse andar e limpar a própria bunda. — Dou de ombros, fazendo Bodhi rir novamente ao pegar um livro de couro vermelho da mesa lateral ao lado da porta que Allie nos disse ter uma lista de todas as comodidades oferecidas na Casa Redinger, bem como o que há para fazer em Snowfall Mountain. — Vá em frente. Conte-me todas as coisas divertidas que há para fazer por aqui.

Bodhi está praticamente vibrando de entusiasmo enquanto folheia o livro, seus olhos ficando tão arregalados quanto uma criança na manhã de Natal ao descer as escadas e ver o que o Papai Noel trouxe. Não posso deixar de rir de sua exuberância, todo o estresse do andar de baixo lentamente começando a desaparecer apenas ouvindo-o divagar de maneira adorável.

— Eles fazem um passeio de bonde ao redor da montanha para ver as luzes, noite de jogo de pijama de Natal no porão, filmes de Natal exibidos todas as noites no celeiro atrás da casa, um desfile de Natal na rua principal de paralelepípedos, um concurso de decoração de casas de gengibre, um brunch de decoração de biscoitos de Natal e, ah, meu Deus! — Bodhi exclama, saltando para cima e para baixo. — O Papai Noel vem na véspera de Natal e dá um presente para cada pessoa! Isso é tão legal! Quero dizer, não estaremos aqui na véspera de Natal, mas você sabe, é legal para todos os outros.

Por mais alguns segundos, mais uma vez, me sinto mal porque a diversão de Bodhi está acabando e só vamos ficar aqui por três dias. Por mais louco que tenha sido lá embaixo quando chegamos aqui, ainda gosto que sejamos só eu e Bodhi e possamos fazer o que quisermos sem seguir os planos de outra pessoa ou nos sentirmos culpados se não quisermos ir a algum lugar.

Tenho passado a noite da véspera de Natal na casa de Laura Bennett desde que fiz dezoito anos. Suas vésperas de Natal são as coisas mais loucas que já vi. Todos, incluindo os Bennetts, eu, Emily e seus pais, Murphy, e

SOBREVIVENDO ao FERIADO

45

alguns membros da família estendida e seus filhos do continente passamos a noite comendo, bebendo e jogando cartas e jogos de tabuleiro até que todos desmaiamos por toda a casa em móveis ou enrolados no chão com cobertores e travesseiros. Então todos acordam ao raiar do dia e abrimos os presentes. Juntos. Todo mundo rasgando tudo ao mesmo tempo e ninguém nem prestando atenção no que está sendo aberto pelos outros.

Laura derrubou a parede entre sua garagem e a sala de estar dez anos atrás para transformá-la em um enorme ambiente apenas para a véspera de Natal. Não estou brincando. Ela aumentou a casa pensando em um período de vinte e quatro horas por ano. E, além de todas essas pessoas, este ano teremos a adição de Palmer, Shepherd e Bodhi. Por melhor que seja estar com todo mundo todos os anos, a ideia de ter um Natal tranquilo e agradável apenas comigo e Bodhi, onde podemos trocar presentes em particular, e transar sob o visco depois de beber mimosas, se quisermos, e depois sair com todos mais tarde está soando cada vez mais atraente.

Porém, dizer a Laura, Birdie e Wren que não vou passar a noite da véspera de Natal com eles seria tão bom quanto dizer a Bodhi que toda a maconha do mundo desapareceu de repente, da noite para o dia.

— Você quer fazer cada uma dessas coisas, não é? — pergunto a ele, embora já saiba a resposta, já que Bodhi ainda está pulando para cima e para baixo e folheando rapidamente as páginas, seus olhos ficando maiores e mais brilhantes a cada novo item que lê.

Tudo desliga em um piscar de olhos, e Bodhi rapidamente fecha o livro e o coloca de volta na mesa lateral ao lado de um hipopótamo ativado por movimento, que começa a dançar e cantar aquela música horrível outra vez.

— Não, está tudo bem. — Ele dá de ombros, batendo no hipopótamo até que finalmente encontra o botão que o desliga. — Esta viagem é sobre *você* e fazer você relaxar e parar de culpar Pequeno Tim por tudo.

— Então você está dizendo que eu não *deveria* culpá-lo quando os policiais encontrarem seu corpo jogado em um campo? — murmuro, só para ser irritante, porque ele não sabe que meu tumor cerebral é bom de briga, cara, e ainda estou me sentindo estranha e molenga.

Bodhi atravessa o quarto até mim, parando quando seus joelhos batem nos meus e estou olhando para ele da ponta da cama com os braços ainda cruzados. Estendendo as duas mãos, ele as pressiona contra cada lado do meu rosto e se inclina para beijar o topo da minha cabeça, mantendo seus lábios lá enquanto fala:

— Eu sei que você não é fã de toda essa loucura de Natal. Estamos aqui para você ter um pouco de paz e sossego muito necessários, não para eu arrastá-la por aí fazendo um monte de merdas bobas que você não quer fazer. É por isso que deixamos Summersweet por alguns dias.

Afastando-se, ele me olha com as mãos ainda segurando meu rosto enquanto finalmente descruzo os braços e coloco meus polegares em um passador de cinto em cada lado de seus quadris.

— Vamos apenas relaxar, tirar uma soneca e colocar as séries em dia — Bodhi me tranquiliza, me fazendo pensar pela milionésima vez desde que entrou no CGIS e me fez rir como uma idiota com seu jeito adorável quão sortuda eu sou por ele ter decidido permanecer no mesmo lugar nos últimos seis meses.

— Você já está relaxada? — pergunta baixinho, seus polegares movendo-se suavemente para frente e para trás contra minhas bochechas, e estuda meu rosto.

— Nem um pouco.

Tirando as mãos do meu rosto e cruzando os braços à sua frente, Bodhi me dá um olhar severo.

— Você está oficialmente de férias e precisa parar de pensar tanto. Tire sua calça. E o suéter também.

Meus olhos se estreitam quando olho para ele me dando ordens, e ele apenas ri e balança a cabeça para mim.

— Não aja como se isso não te deixasse molhada. — Sorri.

Meu Deus.

Droga.

Ele sabe que a única vez que pode me dizer o que fazer sem que eu me rebele é quando estamos fazendo sexo. É a única vez que preciso de uma pausa para não estar no controle e tomar todas as decisões. Ele provavelmente também sabe que estive molhada desde que me beijou lá embaixo... presunçoso do caramba.

Ainda estou xingando-o em minha cabeça, mesmo tirando rapidamente minha calça jeans preta. E como nunca fui de bancar a tímida e fingir que não sei o que está prestes a acontecer aqui, minha calcinha de algodão voa pelo quarto junto com a calça para economizar tempo, assim como meu suéter preto grosso. Estou recostada na cama, vestindo nada além de um sutiã de renda preta com minhas pernas penduradas na ponta do colchão. Eu tiraria o sutiã também, mas é onde guardo meu isqueiro extra e gosto de tê-lo sempre por perto... só para garantir.

— Você é tão gostosa — Bodhi murmura, seus olhos se movendo lentamente sobre o meu corpo como se estivesse em transe, intensificando a dor pulsante entre minhas pernas quanto mais ele olha sem tocar em nenhuma parte de mim.

De repente, ele cai de joelhos no tapete bem na frente das minhas pernas penduradas, e esqueço como respirar com meus olhos arregalados e assustados o observando enfiar a mão no bolso da frente de sua bermuda. Minha cabeça já está balançando para frente e para trás antes mesmo de ele dizer qualquer coisa, e agora estou tentando lembrar o que comi por último, porque definitivamente vai voltar para o rosto de Bodhi.

Ah, não. Taco Bell foi a última coisa que comemos cerca de meia hora antes de chegarmos aqui, porque fiquei com fome e disse ao Bodhi que se ele não parasse na próxima saída e me trouxesse um Nachos Bell Grande e dois Beef Meximelts, eu continuaria queimando seus papéis de enrolar baseado um a um no porta-copos. E então descobri que Taco Bell tirou os Meximelts do cardápio, e Bodhi teve que pedir ao funcionário do drive-thru um copo muito grande de água de cortesia para que ele pudesse apagar o fogo do porta-copos que ficou um pouco fora de controle.

Com certeza vamos ter que pagar uma taxa extra.

Quando Bodhi coloca suas mãos grandes e quentes no topo das minhas coxas nuas, percebo que ele não tirou nada do bolso — só precisava se ajustar — e seu outro joelho se junta ao primeiro no tapete. Solto a respiração que estava segurando e meu estômago imediatamente para de se sentir enjoado.

Merda. Agora eu quero mais Taco Bell.

— Feche os olhos e deixe Bodhi melhorar as coisas.

Vários minutos depois, esqueci completamente todos os meus problemas quando Bodhi ainda está de joelhos no tapete no final da cama, e sua boca perfeita está entre minhas pernas. Ele lambe, chupa e belisca, afastando todas as minhas preocupações, até que estou deitada de costas, minhas mãos fechadas em punho na ridícula colcha de hipopótamo, e estou choramingando o nome dele.

Minhas pernas tremem e minhas costas arqueiam enquanto Bodhi pressiona as palmas das mãos com mais força contra a parte interna das minhas coxas. Ele as estende contra o colchão, abrindo-me para que possa se deliciar comigo, arrastando sua língua pelo meu centro antes de ir para o meu clitóris com golpes curtos e rápidos.

— Ah, Deus, não pare — digo a ele, me contorcendo contra sua boca quando ele nem dá indícios de parar.

Bodhi apenas me abre mais e lambe mais rápido, sabendo assim que começa não há como parar meu orgasmo. Eu amo que ele não está perdendo tempo prolongando isso, por mais divertido que seja, e ele sabe que só preciso de um alívio rápido e do relaxamento que apenas sua boca e língua experientes podem fornecer. Abro meus olhos e encaro para baixo do meu corpo, os olhos azuis de Bodhi fixos nos meus enquanto observo seus lábios envolverem meu clitóris e o sinto chupar, e isso é tudo o que preciso para este orgasmo explodir em mim em tempo recorde. Quando lambe até minha última gota de prazer, Bodhi se move na velocidade da luz e se levanta do chão para se despir, jogando rapidamente todas as suas roupas pelo quarto, junto com as minhas, sua camiseta caindo em um dos galhos da árvore de Natal. Tenho tempo suficiente para apreciar rapidamente o abdômen espetacular e os bíceps de dar água na boca de Bodhi antes que ele se mova novamente.

Um guincho sai de mim quando ele agarra meus quadris e me vira de bruços, me arrastando para cima da cama ao mesmo tempo. Um dos travesseiros é puxado da pilha montanhosa e Bodhi o enfia sob meus quadris. O resto do meu corpo derrete no colchão quando ele se ajoelha entre minhas pernas e então se inclina sobre mim com as mãos apoiadas em cada lado da minha cabeça, sussurrando em meu ouvido:

— Eu vou te foder pra caralho.

Minha boceta aperta como sempre acontece quando Bodhi fica todo sério e mandão no quarto, e levanto meus quadris e aperto minha bunda contra seu pau até que ele geme alto.

— Feliz Natal para mim — é tudo que tenho tempo para murmurar em resposta.

Bodhi agarra minhas duas mãos e as puxa para cima da cama até que meus braços estejam na minha frente contra o colchão, e ele realmente me fode pra caralho. Minha respiração me deixa em uma lufada quando sua virilha bate na minha bunda ao estocar em mim forte e profundo.

"Eu quero um hipopótamo..."

Bodhi imediatamente afasta seus quadris para trás, e a música estúpida

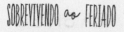

que eu devo ter imaginado é interrompida. Depois de dez minutos inteiros dele abrindo e fechando a porta do nosso quarto, provavelmente vou ouvir essa música na minha cabeça para sempre.

Mantendo-se imóvel com apenas a ponta do seu pau dentro de mim e me deixando louca, Bodhi começa a espalhar beijos na parte de trás do meu pescoço e ombro. Agarrando minhas mãos com mais força contra o colchão, ele empurra de volta em mim, e solto um gemido alto.

"Eu quero um hipopótamo…"

A música é interrompida novamente quando Bodhi afasta os quadris para trás, deslizando quase totalmente para fora de mim novamente antes que eu perceba o que diabos está acontecendo.

— Aquele maldito travesseiro que você colocou debaixo de mim toca música — rosno, virando minha cabeça para trás para encará-lo por cima do ombro.

Bodhi apenas sorri e começa a entrar e sair de mim mais rápido e com mais força. O travesseiro de hipopótamo cantor produz sua melodia parcial abafada, enquanto ele é repetidamente esmagado entre meus quadris e a cama, graças ao corpo poderoso de Bodhi entrando em mim por trás, até que nós dois estamos rindo do absurdo disso. O peito de Bodhi ressoa contra minhas costas enquanto ele persevera como um soldado.

"Eu quero um…"

"Eu quero um…"

"Eu quero um…"

"Eu quero um…"

— Ai, meu Deus, apenas mantenha seu pau em mim por tempo suficiente para que possamos finalmente ouvir a música inteira!

— Esse é o espírito natalino! — Bodhi ri entre seus gemidos contra o meu ouvido, e giro e movo meus quadris para trás para encontrar cada uma de suas estocadas rápidas e fortes.

Depois de mais cinco "eu quero um" e outro orgasmo que me choca como o inferno, considerando o que está acontecendo agora, Bodhi segue rapidamente atrás, inclinando a cabeça para trás ao gozar e pontuando cada uma de suas estocadas finais e orgásticas com um grito.

— Porra! Hipo… pótamo! Nataaaaal!

É tão ridiculamente Bodhi que eu rio durante as últimas investidas superficiais de sua liberação até que ele desmaia ao meu lado na cama. Quando nossos olhos se encontram, eu de bruços com os braços ainda esticados à minha frente, e Bodhi caído de costas, nós dois começamos a rir de novo quando coloco a mão embaixo de mim, arranco o maldito travesseiro e o jogo no chão.

— Você definitivamente tem que me deixar queimar isso. Não só porque é irritante, mas porque você me fez gozar na cara daquele hipopótamo. Essa almofada nunca mais será a mesma. É melhor simplesmente acabar com o seu sofrimento.

— Cara, eu te amo pra caralho. Quer, por favor, se casar comigo? — Bodhi pergunta, de repente, segurando as mãos sob o queixo e piscando os olhos para mim.

Aquele sentimento de formigamento e derretimento está de volta com força total, e sinto um friozinho na barriga, percebendo que o pedido durante um boquete há dois meses não foi apenas uma loucura estranha, única e acidental que ele não tinha intenção de dizer. Você não faz a mesma pergunta a alguém duas vezes se não estiver falando sério da primeira vez. Você finge que nunca aconteceu e nunca mais fala sobre isso, que é exatamente o que pensei que faríamos!

O friozinho na barriga se transforma em nevasca pela minha alma negra, e meu coração passa de pular para correr a mil por hora quando começo a pensar nos dez mil fichários de casamento que Birdie tem. E as centenas de vestidos brancos horríveis, brilhantes e fofos que tive que vê-la experimentar, e todos os episódios de *Noivas Neuróticas* que ela me fez assistir, e a festa de noivado que o CGIS deu para ela, e a festa de noivado que sua família deu para ela, e a festa de noivado que seus amigos fizeram para ela, e ainda temos vários chás de panela antes mesmo de chegarmos ao casamento.

E então todos os olhos estão sobre você, julgando sua escolha de comida, julgando sua escolha de bolo, julgando sua escolha de música, taças e flores. E a maioria deles não dá a mínima para você. Eles só vieram buscar comida e álcool de graça e para ver se o tio Greg vai ficar tão bêbado de novo e tentar ficar com um de seus primos. Seguido por uma vida inteira fazendo as mesmas coisas com a mesma pessoa, discutindo sobre filhos, dinheiro, trabalho e sobre o que há para o jantar, até que vocês estão sentados em lados opostos do sofá um do outro todas as noites, irritados pelo som de suas respirações, imaginando se seria menos trabalhoso se divorciar ou matá-los durante o sono.

— Foda-se — finalmente rosno, antes de me levantar da cama; Bodhi

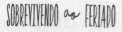

51

ri de mim enquanto eu desapareço no banheiro, fecho a porta e levanto a tampa do vaso sanitário.

"Quero um hipopótamo de Natal!"

— Porra! Droga — murmuro, largando a tampa do vaso, e considero seriamente fazer xixi na pia.

CAPÍTULO 5
VOCÊ JÁ SABE O QUE FAZER

tess

— Estou *amando* o moletom e os coques espaciais em seu cabelo — Millie me cumprimenta com um sorriso, do outro lado do balcão da recepção, enquanto o Papai Noel ativado por movimento deixa cair suas ceroulas e começa a balançar a bunda. Suspiro e olho para o meu moletom preto do Nirvana que combinei com uma calça legging da mesma cor e o par de meias pretas felpudas mais grossas que possuo. Ainda não está quente o suficiente.

Acordei sentindo muito frio esta manhã. Tem tudo a ver com esta casa velha e ventilada e a neve ainda soprando lá fora com a qual meu corpo de clima quente não está acostumado, e absolutamente nada a ver com acordar cercada por olhos assustadores de hipopótamos... e sozinha. Eu deveria me sentir fabulosa por ter tido a melhor noite de sono dos últimos dois meses, e depois que fechei os olhos ontem à noite, não os abri nem me mexi novamente até as dez da manhã. Como bartender, normalmente trabalho até tarde da noite e durmo até o meio-dia. Exceto nos últimos meses idiotas, em que meu sono tem sido uma merda por causa de minha morte iminente e tudo o mais.

Não sei o que há de errado comigo que me sinto tão estranha por Bodhi não estar ao meu lado quando acordei, e isso está me irritando pra caramba. Não é como se eu estivesse surtando por não termos acordado nos braços um do outro com nossos membros entrelaçados como aquela porcaria daqueles livros que Bodhi me faz ler para ele antes de dormir. Eu não sou de ficar agarradinho, a menos que estejamos no sofá assistindo algo na televisão. Se não estamos transando, então fique bem longe de mim e deixe-me dormir confortavelmente sem todo o seu calor corporal nojento e pelos que coçam nas pernas. Eu só gosto de acordar e... tê-lo lá. E não vamos nos enganar aqui — sexo matinal meio adormecido e gostoso sob as cobertas é o melhor de todos. Mas nós fizemos sexo matinal meio adormecido e gostoso sob as cobertas esta manhã? Não. Porque acordei sozinha, e caralho, por que estou com vontade de chorar?

Provavelmente porque acordei esta manhã em uma cama vazia e de repente tive essa imagem de como seria minha vida se Bodhi acordasse e decidisse ficar em paz, porque estava cansado de permanecer em um lugar com uma mulher que tem monte de problemas. Deus, quero dar um soco na minha própria cara. Eu não sou tão carente.

Recomponha-se, Pequeno Tim! Pelo menos espere até depois do Natal para continuar com essa insanidade emocional.

— Ei, Tess, como você dormiu?

Piscando para afastar meu torpor, levanto o olhar e encontro Allie parada ao meu lado na frente da mesa com uma bandeja de várias canecas de café de Natal em suas mãos, enquanto Millie fala com um hóspede que acabou de chegar.

— Foi a melhor noite de sono que tive em muito tempo, obrigada — afirmo, enfiando as mãos no bolso da frente do meu moletom e a seguindo quando ela se vira e caminha até a mesa de café e chocolate quente, que fica entre duas das árvores de Natal, e coloca a bandeja na mesa. — Você viu Bodhi?

Ela aponta para o arco aberto do outro lado da árvore que leva à sala de jantar.

— Olhe por essas janelas.

Meus olhos seguem para onde ela apontou enquanto ela volta ao trabalho de reabastecer potes de vidro com marshmallows, bastões de doces e outras guloseimas variadas para o bar que estavam acabando na mesa. Através do arco e na sala de jantar, posso ver uma parede de janelas contornadas com guirlandas e luzes brancas que dão para o jardim da frente. E, além daquelas janelas, no meio das rajadas de neve, vejo meu namorado vestindo bermuda cargo preta, camiseta vermelha e luvas grandes e fofas vermelhas, enquanto ele se diverte em um metro de neve com outro homem.

Tudo o que posso fazer é balançar a cabeça e sorrir ao ver como ele parece ridículo lá fora, em uma nevasca, de bermuda e camiseta, sem nem mesmo mostrar um pingo de frio.

— Ele recrutou meu marido mais cedo para sair e ajudá-lo a construir um boneco de neve — Allie me informa. — Eles estão lá há mais de uma hora e, apenas para sua informação, houve uma intensa guerra de bolas de neve cerca de quinze minutos antes de você chegar aqui. Meu marido idiota se empolgou um pouco, então Bodhi pode ter um pequenino galo na testa.

— Ah, meu Deus, sinto muito por ele ter levado seu marido embora, quando tenho certeza que ele provavelmente tem um milhão de coisas que deveria estar fazendo por aqui — digo a ela, com um rápido sorriso tímido antes de meus olhos voltarem automaticamente para as janelas, porque não importa o quão ridículo Bodhi pareça com o que está vestindo, droga, sua bunda fica ótima naquela bermuda.

— Está tudo bem! — Allie me tranquiliza, e rio para mim mesma quando Bodhi escorrega em alguma coisa, seus pés deslizam e ele cai de cara no chão na neve. E então ele começa a fazer um anjo de neve quando está lá deitado. — Jason fica um pouco tenso nesta época do ano, tentando ajudar na pousada o máximo que pode, além de seu trabalho normal. Ele precisava de uma pequena pausa esta manhã para parar de olhar para a lista de tarefas em sua maldita agenda e apenas se divertir. Bodhi é muito bom nisso, como você pode ver.

Eu posso ver Jason na neve com Bodhi, agora curvado, apontando e rindo dele, vestindo uma roupa mais adequada ao inverno: um casaco de flanela de forro grosso em cima de um suéter de tricô com jeans e botas de trabalho. Ele é um cara muito bonito, se você gosta da vibe de homem da montanha limpinho. Aquela sensação ridícula de calor por todo o meu corpo está de volta, porque eu realmente sei como Bodhi é bom em fazer as pessoas pararem de ser tão analistas, olhando para suas agendas o tempo todo, e apenas se divertirem. Ele tem feito isso comigo nos últimos seis meses.

— Você provou as guloseimas que Bodhi desceu para buscar para você? Ele estava tão adorável, correndo em pânico, enchendo os braços com tudo o que ofereci da cozinha, — Allie ri baixinho, pegando uma caneca da bandeja e a entregando para mim antes de arrumar o resto no canto da mesa ao lado de um pote de biscoitos de boneco de neve de cerâmica.

Gosto ainda mais de Allie do que ontem, quando ela me deu uma caneca preta com Jack Skellington pintado em seu traje de Papai Noel, em

SOBREVIVENDO ao FERIADO

55

vez de uma caneca com um Papai Noel comum e chato. *O estranho mundo de Jack* é o único filme de Natal que eu realmente gosto. E não me diga que não é um filme de Natal. É tanto um filme de Natal quanto *Duro de Matar*.

Enquanto me sirvo de uma xícara de chocolate quente da jarra de prata, murmuro um "sim" baixinho em resposta à pergunta dela sobre as guloseimas. O aborrecimento de acordar sozinha é colocado em segundo plano quando a pergunta de Allie me lembra do que encontrei no travesseiro de Bodhi quando acordei. Mesmo despertando com o horror dos olhos de um hipopótamo e sem o conforto do sexo matinal, ainda tenho o namorado mais doce de todos.

Eu estava tão morta para o mundo que nem ouvi aquela música idiota de hipopótamo quando Bodhi saiu do quarto em busca do café da manhã, de acordo com o bilhete que ele deixou em um pedaço de papel de hipopótamo do bloco de cortesia na mesinha de cabeceira. Junto com um saco de chocolates de Natal variados, uma lata de biscoitos natalinos caseiros, um saco de batatas fritas com sal e vinagre, uma caixa de biscoitos de queijo, um pacote de pretzels caseiros cobertos de chocolate, havia um bilhete:

> *Um pré-café da manhã para você não descer as escadas com fome e colocar fogo em uma criança pequena. Me mande uma mensagem quando acordar e te encontro na sala de jantar. Te amo demais.*

Definitivamente havia algo em meus dois olhos que os fazia lacrimejar enquanto eu comia tudo — sem nem mesmo sentar na cama — o que meu namorado foi procurar para mim, porque ele me conhece muito bem e está sempre pensando em mim. Óbvio, foi o rímel de ontem que eu não dei a mínima para tirar antes de desmaiar na cama que causou a umidade em meus olhos. Ainda bem que tomei um banho rápido antes de descer aqui e essa merda não vai acontecer de novo agora, amém.

— Millie, aí está você! Preciso falar com você sobre um dos presentes que comprou da minha lista.

Uma hóspede de sessenta e poucos anos passa arrastando os pés por Allie e por mim pelo saguão, a outra se afastando do balcão, e Allie termina de encher uma caneca com colheres de chocolate cobertas com pedaços de bengalas doces amassadas.

— Ah, Tess, esqueci de te contar a boa notícia! — Millie bate palmas, enquanto a hóspede coloca uma caixa de presente branca no balcão à sua frente. — Encontrei minha verdadeira vocação no meu período aqui na Casa Redinger e ofereci meus serviços como personal shopper para os hóspedes. É só me dar uma lista e eu vou até a parte civilizada da montanha, onde há uma Starbucks e uma Prada, e pego o que você precisa. Está indo muito bem; não é, Bárbara?

A mulher dá a Millie um sorriso tímido.

— Isso é realmente o que eu queria conversar com você, querida. Sei que minha caligrafia não é muito fácil de ler e sinto muito por isso. Na lista que lhe dei ontem à noite, na verdade, escrevi que queria uma furadeira sem fio para Eugene. É a única coisa que aquele homem teimoso pediu este ano. Ele não vai querer... isso.

Ela desliza a caixa de presente para mais perto de Millie, e Millie a desliza de volta com um sorriso, enquanto levo minha caneca à boca. Allie me interrompe para esguichar uma pilha de chantilly por cima, acrescentando alguns toques de confeitos de Natal vermelho e verde antes que eu possa impedi-la e, em seguida, disparando direto para o balcão como uma espécie de ninja natalina.

— Alguém precisa de uma furadeira?

Pela primeira vez na minha vida, eu realmente pulo e grito como uma garotinha, quando o *stalker* Sheldon aparece bem atrás de mim, os chifres de rena ainda no topo de sua cabeça careca emparelhados com um suéter de Natal azul-escuro com renas brancas e flocos de neve bordados nele.

— Tenho duas furadeiras sem fio em meu porta-malas com vários acessórios para perfurar materiais realmente grossos e duros, se alguém precisar.

Você quer dizer um crânio, Sheldon? É isso que você quer dizer?

Quando ninguém responde a Sheldon, ele apenas dá de ombros e vai para a sala de estar, e Millie volta sua atenção para a hóspede.

— Ah, Bárbara, você é tão preciosa — suspira, quando eu pego uma colher de chocolate e amasso todo o chantilly e polvilho no líquido quente. — Uma vez, tive que ler uma carta de resgate na frente de uma câmera para um traficante colombiano que foi escrita por seu cunhado que tinha um infeliz tremor nas mãos, devido à faca que estava saindo de uma delas enquanto ele escrevia a carta de resgate. Sua caligrafia é moleza; confie em mim. Eugene é um bom homem, e um bom homem deveria ter um suéter de caxemira da Neiman Marcus. Não se preocupe. Os mil e quinhentos

SOBREVIVENDO ao FERIADO

dólares extras que gastei são meu presente para você. Me ajuda a te ajudar a ajudar Eugene neste Natal, Barb.

Com um aceno de cabeça e um olhar confuso em seu rosto, Barb pega a caixa de presente e se dirige para a sala em direção às escadas para subir para os quartos; e, tomara, em nenhum lugar perto de onde Sheldon desapareceu enquanto pensava em docinhos de ameixa e perfuração crâniana.

— Você tem que parar de comprar para as pessoas o que você acha que elas deveriam querer, em vez do que elas realmente querem — Allie a lembra, enquanto Millie acena para ela com uma das mãos, com unhas perfeitas.

As duas brigam por alguns minutos, e isso me faz sentir falta dos meus amigos. Não o suficiente para entrar no carro e voltar para Summersweet ou algo assim, mas o suficiente para me fazer desejar que eles estivessem aqui por apenas um segundo.

Allie para de discutir com Millie tempo suficiente para me dizer que ainda há comida para o café da manhã nas bandejas na sala de jantar, se eu quiser me servir antes de ela limpar tudo e começar a preparar o almoço. Sigo através do arco, tomando meu chocolate quente e andando, balançando a cabeça e sorrindo ao olhar pela janela para ver Bodhi e Jason dando os retoques finais em seu boneco de neve gigante, que é mais alto que os dois, antes de colocar minha caneca do Jack Skellington em uma mesa vazia no meio da sala.

A sala de jantar é tão exageradamente decorada quanto o resto da casa que vi até agora, com várias mesinhas redondas cobertas com toalhas de mesa vermelhas e verdes e centros de mesa de minipinheiros montadas para parecer um pequeno restaurante. Pego um prato da pilha no final da longa mesa contra a parede oposta e o encho com ovos mexidos, bacon, linguiça, batata palha, uma panqueca e algumas frutas frescas antes de voltar para a minha mesa e comer. De repente, estou morrendo de fome, embora tenha comido horrores há menos de meia hora.

No momento em que meu prato está vazio depois de mais uma ida ao buffet de café da manhã, e estou feliz por ter tido o bom senso de colocar uma calça de elástico ao sair do banho… Bodhi está voltando de seu lazer na neve. Ele corre para a sala de jantar assim que entra pela porta da frente e me vê sentada aqui.

Com um grito ridículo que me deixa feliz por sermos os únicos nesta sala enquanto Bodhi acaricia seu nariz gelado no lado do meu pescoço, golpeio seu rosto frio até que ele se mova para trás. Ele agarra minhas bochechas com as mãos cobertas por luvas e me puxa para um beijo rápido nos lábios antes de se jogar na cadeira ao meu lado.

— O que você comeu no café da manhã? — Bodhi acena com a cabeça para o meu prato vazio e eu para sua camisa vermelha com uma folha de maconha verde no meio que diz "Feliz Baseado".

— O de sempre.

— As almas de seus inimigos? Deve ser um novo item de menu que Allie adicionou depois que eu comi. — Ele sorri.

— Era um item especial. — Dou de ombros.

O sorriso de Bodhi fica mais largo, fazendo meu coração palpitar como sempre acontece quando vejo suas covinhas, enquanto ele tira as luvas e as joga sobre a mesa antes de se inclinar para perto de mim para descansar os cotovelos nos joelhos dobrados.

— Tenho uma surpresa para você.

— Você sabe que odeio surpresas — eu o lembro, terminando o copo de suco de laranja que Allie trouxe para mim depois que enchi meu prato pela primeira vez.

— Eu sei. Desde a vez que uma garota da sua escola cagou nas calças na frente de todo mundo quando seus pais lhe deram uma festa surpresa de aniversário.

— Ela tem trinta anos, três filhos e é a CEO de uma grande corporação, e todo mundo ainda a chama de Patty Cagona. — Estremeço, lembrando daquele dia frio e escuro em nosso segundo ano.

— Eu deixei você queimar o travesseiro de hipopótamo na banheira antes de dormir na noite passada, não deixei? Trabalhe comigo. Prometo que você vai adorar.

O sorriso de Bodhi fica torto e adorável, e estendo a mão e afasto um pouco de seu cabelo desgrenhado da testa. Quando percebo a pequena protuberância vermelha em cima da testa que Allie mencionou da guerra de bolas de neve, inclino-me para frente e pressiono meus lábios no machucado antes mesmo de perceber o que estou fazendo.

O choque no rosto de Bodhi quando me afasto provavelmente reflete minha própria expressão, porque essa merda com certeza é algo novo em nosso relacionamento, eu agindo de forma reconfortante e... doce. *Que nojo!*

— O médico já ligou para dizer que estou morrendo? — rapidamente pergunto, afastando a mão de sua testa para trazer nós dois de volta à Terra e não em algum universo alternativo onde eu beijo machucados para curá-los.

SOBREVIVENDO ao FERIADO

59

Bodhi apenas ri e nega com a cabeça para mim.

— Você não está morrendo, e não, ele ainda não ligou. A única ligação que recebi foi de Palmer, que durou apenas uns bons cinco minutos dele gritando comigo por deixá-lo sozinho com Shepherd. Houve uma pequena briga ontem à noite que resultou em alguém caindo de cara em uma caixa de purpurina, e vamos apenas dizer que Palmer vai estar muito bonito esta noite naquela entrevista da ESPN que estão filmando dele e Shepherd para o especial de Natal de esportes.

Bodhi pega as luvas da mesa e as enfia nos bolsos da bermuda antes de me levantar da cadeira no momento em que Allie se junta a nós na sala de jantar, esperando na porta que leva para a outra parte da casa.

— Encontro você quando terminar com sua surpresa — Bodhi me diz, beijando minha testa antes de agarrar meus ombros, virando-me para Allie e me dando um empurrãozinho em sua direção. — Coloquei as orelhas pontudas do elfo na mala. Podemos nos divertir com elas antes do jantar.

Quando Bodhi sai da sala, Allie me guia pelos fundos da casa até um cômodo que parece outra sala de estar, que ela me diz ser particular e apenas para a família Redinger. Parece a típica sala de estar de uma família no Natal, contendo um sofá enorme e confortável com algumas almofadas temáticas, uma árvore no canto com uma tonelada de enfeites incompatíveis, uma lareira crepitante com meias penduradas na soleira, e uma televisão de tela plana pendurada na parede acima dela. Com a neve caindo pesadamente do lado de fora das janelas de cada lado da árvore, as nuvens escuras cobrindo o céu fazem com que pareça o anoitecer em vez do início da tarde, e é realmente agradável e aconchegante. A única coisa fora do lugar nesta sala de estar é uma grande mesa de massagem ao lado da lareira.

— Bem-vinda à sua massagem relaxante de duas horas dada por Christen Powers, uma dos melhores massagistas de Snowfall Mountain — Allie me informa, enquanto uma loira mais jovem me dá um pequeno aceno de onde está de pé na cabeceira da mesa de massagem. — Bodhi me deu instruções estritas de que essa massagem precisava acontecer o mais perto possível de algum tipo de fogo para que você fosse feliz. Ele foi muito inflexível sobre isso.

Eu rio para mim mesma, mesmo quando a sala de repente fica embaçada, piscando rapidamente logo que Allie me deixa para minha massagem. Uma vez que estou nua e de barriga para baixo sob uma pilha de cobertores aquecidos, viro meu rosto para o lado e Christen enrola o tecido apenas o suficiente para começar a passar suas mãos mágicas nas costas dos meus ombros.

Olhando para as chamas bruxuleantes e ouvindo a madeira estalando e crepitando na lareira, com Christen me massageando até a limite do coma, meus olhos se fecham com pensamentos de incêndios e primeiros encontros queimando em minha mente.

CAPÍTULO 6
MINHA PEQUENA INCENDIÁRIA

tess

Seis meses atrás...
— E então minha bunda e meu pau estavam se debatendo na brisa do oceano enquanto eu corria pela areia e mergulhava na água para começar uma nova vida.

O surfista gostoso, que parecia um sem-teto, mas era um *caddie* profissional com quem concordei em sair me dá um sorriso torto que transforma minhas pernas em geléia, enquanto fico aqui encostada na amurada do deck superior da balsa da Ilha Summersweet, apenas piscando para ele.

— Eu sei, você ainda está chocada com a coisa do cabelo curto, não é? É difícil me imaginar sem os cachos dourados gloriosos e desgrenhados.

Ele passa a mão por aqueles cachos dourados gloriosos e desgrenhados, e eu apenas nego com a cabeça para ele.

— Na verdade, estou chocada que nosso primeiro encontro tenha começado literalmente dez minutos atrás no cais da balsa, e eu já conheço toda a história de sua vida — respondo. O toque da buzina da balsa sinalizando que estamos nos preparando para deixar o cais pontua o que eu disse enquanto continuo balançando a cabeça para ele. — Isso é realmente o que você quer em um primeiro encontro, hein?

Na verdade, é muito genial o que ele fez com aquela maldita história da véspera de Natal. Mesmo que eu ainda esteja em choque porque nós não fizemos mais do que pegar nossos ingressos e subir até o deck superior antes que ele começasse a vomitar palavras, eu só quero envolver meus braços ao seu redor e abraçá-lo por causa do seu pai de merda e a vida anterior miserável que ele teve. E eu não sou de abraçar. *Eca.*

Bodhi se vira para apoiar os braços no corrimão e olhar para o oceano; o motor da balsa soa e o barco se afasta lentamente do cais. Viro-me e faço o mesmo, recusando-me a reconhecer o arrepio que surge por todo o meu corpo quando Bodhi desliza seus braços alguns centímetros para baixo no corrimão para diminuir a distância entre nós, até que nossos braços estejam pressionados um contra o outro.

— Acho que é melhor começar um encontro despejando toda a sua bagagem de imediato, em vez de arrastar essa merda com você por meses. — Ele dá de ombros, seu braço esfregando para cima e para baixo contra o meu com o movimento e fazendo minha maldita nuca formigar.

— Então, qual é exatamente o plano para esta noite, agora que sei tudo sobre você? Nós só vamos… pegar a balsa?

Bodhi dá de ombros outra vez.

— Não sei. Mas sei que só peguei a balsa uma vez até agora, foi muito divertido, e queria fazer isso de novo com a garota mais gostosa de todas. Podemos ir levando o resto da noite e fazer o que der na telha.

— Isso soa horrível — reclamo, ignorando o frio na barriga quando ele me chama de "a garota mais gostosa de todas". Afastando-me do corrimão para alcançar minha bolsa de lona preta que diz "não apague" com uma foto de um extintor de incêndio e um grande "X", pego minha agenda, abrindo-a na data de hoje. — Sem ofensa, mas você não me pareceu o tipo de pessoa que planejaria um encontro, então montei um cronograma. Já perdemos nosso tempo previsto para tomar algo na Cervejaria da Ilha, então podemos simplesmente pular para a reserva de jantar que fiz para nós neste restaurante italiano realmente bom no continente e, às oito e meia, vamos para… Ei!

Bodhi arranca a agenda de minhas mãos, segurando-a bem acima de sua cabeça quando eu repetidamente tento pegá-la de volta, até parecer uma idiota por pular para cima e para baixo, porque ele é pelo menos quinze centímetros mais alto do que eu.

— Sério que você planejou todo o nosso encontro, até o minuto? — ele pergunta com um sorriso divertido no rosto. Já que não parece estar tirando sarro de mim no momento está apenas curioso, decido não colocar

SOBREVIVENDO ao FERIADO

63

fogo em sua camisa. — Agora estamos abrindo a sua bagagem, ou isso é apenas mais uma pequena peculiaridade bonitinha que você tem?

— Eu não tenho peculiaridades bonitinhas — murmuro, socando-o o mais forte que posso no braço e fazendo-o rir quando ele ainda não me dá minha agenda. — Ou bagagem.

Mentirosa, mentirosa, vamos colocar fogo nessa balsa inteira!

Quando meu olhar assassino torna o sorriso de Bodhi mais brilhante, eu finalmente desisto de tentar pegar minha agenda de volta, e ele finalmente para de tentar segurá-la fora do meu alcance. Mas Bodhi ainda não me devolve e a esconde atrás das costas; maldito homem gostoso e irritante.

Bodhi apenas continua olhando para mim com uma de suas sobrancelhas arqueadas até que eu não aguento mais o silêncio, e finalmente jogo as mãos para cima em irritação.

— Eu só gosto de ter um plano, ok? A pontualidade é importante. E nunca me esqueço de nada por causa dessa agenda. Não me esqueço de aniversários, ou um marco, ou um evento, ou meu horário de trabalho, ou de ir buscar algo que deixei quando disse que voltaria logo... — paro, nem mesmo percebendo que estava ficando nervosa e que minha voz começou a ficar cada vez mais alta.

Bodhi lentamente puxa o braço de trás das costas e me entrega a agenda sem dizer uma palavra, e eu a arranco de sua mão e a abraço contra o peito.

— É ridículo. — Reviro os olhos, focando na água e no sol se pondo à distância.

— Deixe-me julgar se é ou não — Bodhi diz baixinho, sua voz gentil e apenas a... presença reconfortante que ele tem que me faz sentir como se eu pudesse lhe dizer qualquer coisa e ele não iria me julgar.

Olho para Bodhi, que pega um vape do bolso da frente da bermuda e começa a levá-lo até a boca, parando por um segundo e sustentando meu olhar.

— Isso te incomoda? Não vou fazer isso se te incomoda — pergunta, balançando o aparelho em seus dedos que eu sei muito bem, mesmo depois de conhecer o cara algumas horas atrás, não tem um cartucho de nicotina com sabor nele.

Olho ao redor do deck superior completamente vazio da balsa, todos os outros no andar de baixo, onde a lanchonete e o bar estão localizados.

— Seu corpo, sua escolha. — Dou de ombros, olhando para ele. — Não me incomoda em nada.

— Você é uma garota incrível, Tess Powell. — Bodhi sorri para mim antes de dar uma baforada em seu vape, fazendo-me retribuir o sorriso e balançar a cabeça para ele.

— Quando eu tinha seis anos, meus pais me deixaram na casa da minha bisavó aqui em Summersweet para ir ao mercado, e ainda estou esperando eles voltarem para me buscar — falo rapidamente e com um sorriso sarcástico, porque assim é mais fácil, fazendo Bodhi engasgar um pouco com a fumaça que acabou de inalar. — Acho que é por isso que sou louca por usar uma agenda e organizar minha vida minuto a minuto. Não quero esquecer nada, nunca. Não importa quão grande e não importa quão pequeno. Gosto de ter um plano e cumpri-lo, porque essa é a coisa madura e responsável a se fazer quando se é adulto.

"E não fique com pena de mim nem nada, porque eu tive uma boa infância depois disso. Minha avó era incrível até morrer um mês antes do meu aniversário de dezoito anos, deixando para trás sua dívida de cartão de crédito e sua casa que foi refinanciada tantas vezes que provavelmente terei setenta anos antes de tudo ser pago. Mas eu amo meu trabalho e tenho amigos incríveis que são a família que escolhi, o que é muito melhor do que ter parentes de sangue idiotas, de qualquer maneira. Então aí está; aí está a minha bagagem. Você gostaria de pular no mar agora ou devo empurrá-lo?"

Bodhi continua sorrindo para mim ao diminuir a distância entre nós, fazendo meu coração bater mais rápido no peito quando ele estende a mão e segura minha bochecha na palma da sua, esfregando suavemente o polegar para frente e para trás e olhando nos meus olhos até que só quero agarrar sua camisa e puxar sua boca até a minha.

— Meu pai saiu no meio da minha formatura do ensino médio, enquanto eu fazia meu discurso de orador da turma, para ir ao recital de dança de uma das filhas de seus clientes. — Ele sorri para mim, mesmo me contando essa história de merda.

— Que otário. Diga-me onde ele mora e eu vou incendiar o lugar — murmuro, fazendo Bodhi inclinar a cabeça para trás e rir, e minhas entranhas ficam estranhas e quentes.

Não querendo insistir nessa sensação incomum, já que provavelmente significa que estou morrendo de úlcera ou algo assim, conto a ele outra história de merda para fazê-lo se sentir melhor.

SOBREVIVENDO ao FERIADO

— Eu menti. Vi meus pais mais uma vez, quatro anos depois que eles me deixaram. Eles entraram na casa da minha avó toda decorada com balões e serpentinas, e minha mãe disse: "O que é toda essa merda?". E eu olhei para ela e disse: "É meu aniversário".

Quando o rosto de Bodhi se enruga e ele parece que vai chorar, é minha vez de rir, o que é realmente uma merda, porque falar sobre meu passado nunca me faz rir de forma alguma.

— Está tudo bem — eu o tranquilizo. — Eu os segui para fora quando eles saíram e me escondi atrás de um arbusto próximo aos degraus da varanda da frente para ouvi-los discutir na entrada da garagem. Meu pai queria voltar e me dar dinheiro de presente, e minha mãe estava puta com isso.

— Seu pai ganhou? — Bodhi pergunta, inclinando a cabeça para o lado, seu cabelo caindo nos olhos, fazendo minhas mãos coçarem com o desejo de estendê-las e tirá-lo do caminho, porque este homem tem uns olhos azuis de matar.

— Sim — eu concordo. — Ele caminhou de volta pelo quintal, subiu na varanda e me entregou uma nota de vinte dólares bem na frente da minha mãe.

— Espero que tenha gastado tudo com algo ridículo, como uma porrada de doces.

— Ah, eu não gastei. Coloquei fogo bem na frente deles, joguei na grama para queimar e depois voltei para dentro para comer meu bolo.

— Você é selvagem pra caralho, e eu adoro isso — Bodhi me diz, avançando seus pés cobertos de chinelos ainda mais perto de mim até que seu peito está batendo contra meus braços ainda abraçando minha agenda.

Colocando a mão no bolso de trás, ele pega o telefone e o estende ao nosso lado.

— Quando é seu aniversario?

— Uhm, 25 de outubro, por quê? — pergunto, e ele toca na tela do telefone com o polegar antes de colocá-lo de volta no bolso.

— Apenas coloquei seu aniversário no meu telefone com dois lembretes para que eu nunca, nunca o esqueça. E, só para você saber, eu compro os melhores presentes de aniversário de todos os tempos — me informa, e eu só quero jogá-lo no chão e montá-lo como uma maldita bicicleta. — Viva um pouco, Tess Powell — Bodhi pede, suavemente, a brisa do oceano agitando seu cabelo ao navegarmos para o continente. — Jogue a agenda ao mar, pare de fazer planos e veja aonde a vida nos leva.

Minha pele formiga e fica toda quente e com coceira, e meu coração começa a bater rápido no peito quando dou um passo para trás e afasto a agenda de mim para olhar para ele. Pela primeira vez na vida, de repente não quero ficar presa a um plano ou cronograma. Só quero ficar no deck superior de uma balsa, andando só porque é divertido, com um homem que me faz sentir como se eu não tivesse que ser alguém que não sou. Como se eu não tivesse que ser uma mulher sorridente, feliz e descontraída no primeiro encontro, que tem que ser legal e concordar com tudo e esconder sua loucura se ela quiser um segundo encontro. Foda-se essa merda. Estou deixando minha personalidade às claras, e se Bodhi não consegue lidar com isso, é ele quem perde.

— Aqui, segure isso — ordeno a Bodhi, enfiando a agenda em seu peito, e ele tem tempo suficiente para agarrá-la antes que caia no chão.

Enfio a mão no bolso de trás da minha calça jeans skinny preta e furada, tiro uma caixa de fósforos que roubei do CGIS e, em seguida, pego a garrafa de fluido de isqueiro do bolso interno com zíper da minha bolsa. Pegando a agenda de volta das mãos de Bodhi, eu me afasto alguns metros do corrimão, até uma pequena lata de lixo de metal aparafusada no chão ao lado da escada que leva ao andar de baixo. Jogando a agenda dentro da lata que já tem um copo de papel e um maço de guardanapos usados, abro o bocal do frasco de fluido de isqueiro com o polegar e esguicho uma quantidade generosa em toda a agenda até que esteja completamente encharcada. Empurrando o bico de volta para baixo e devolvendo o frasco para dentro da bolsa, abro a caixa de fósforos e arranco um, deslizo contra a lixa até que acenda e, em seguida, jogo-o rapidamente antes de mudar de ideia.

— Bem, essa é uma maneira de fazer isso. — Bodhi acena com a cabeça e com um sorriso quando a agenda rapidamente pega fogo, os dedos de uma de suas mãos entrelaçando-se com os meus ao meu lado.

Ele aperta minha mão e olhamos para o fogo dos meus planos de vida, que queimam rapidamente, graças ao fluido de isqueiro e a esse homem louco ao meu lado que me faz ter vontade de fazer coisas malucas.

— Você não quer saber por que eu tenho meu próprio kit de fogo portátil? — Viro meu rosto para olhar seu perfil, estudando os ângulos agudos de sua mandíbula perfeita, seus lábios carnudos e uma covinha em uma de suas bochechas, quando ele vira a cabeça e nossos olhos se encontram.

— Você se pega incendiando muitas coisas?

— Se me incomodar, sim.

SOBREVIVENDO ao FERIADO

67

— Pessoas ou animais se machucam?

— *Nunca.* — Balanço inflexivelmente minha cabeça.

— Faz você feliz?

— Sim.

— Então isso é tudo que eu preciso saber.

Meu corpo inteiro parece que se transformou em geléia, e tenho que travar meus joelhos antes de cair em uma poça de gosma neste deck, quando Bodhi deixa cair minha mão para enfiar a dele no bolso da frente de sua bermuda.

— Aqui, você pode ficar com isso — ele diz, entregando-me o que acabou de tirar do bolso. — É um isqueiro para todos os climas que funciona com vento e chuva que um xamã me deu no Tibete. Agora você pode incendiar coisas em todos os tipos de condições climáticas.

Eu nunca, jamais quero me casar ou sossegar, graças aos meus pais de merda e seu casamento de merda cheio de nada além de ressentimento e gritos um com o outro. Mas, de repente, algo tão simples quanto um maldito isqueiro está me fazendo reconsiderar seriamente minha posição sobre a coisa toda e querer cavalgar ao pôr do sol para fazer bebês surfistas gostosos e que parecem um sem-teto com este homem.

Não! Tess má!

— Quer descer na lanchonete e pegar uma pipoca, minha incendiáriazinha?

Meu corpo inteiro estremece como se eu tivesse acabado de tocar em uma cerca elétrica quando ele me chama desse apelido, mas não de um jeito "ah, Deus, acabei de me irritar". De um jeito mais caloroso, formigante, *isso é muito estranho*, como se de repente eu estivesse começando a acreditar em toda essa coisa de almas gêmeas. Birdie, Wren e Emily nunca param de falar que isso realmente não existe. Mesmo que ele tenha dito que não precisava saber por que ando com fluido de isqueiro, mais uma vez, me vejo vomitando minha bagagem, porque Bodhi tem uma cara que dá vontade de contar a ele todos os seus segredos e deixá-lo tornar tudo melhor.

— É uma história engraçada, o filme favorito do meu pai sempre foi *Chamas da Vingança*, de Stephen King — explico a Bodhi, quando ele pega minha mão novamente e começa a me levar escada abaixo até a lanchonete. — É uma das únicas coisas que me lembro sobre ele. Ele trabalhava à noite e raramente estava em casa ou acordado quando eu estava, mas, nas raras ocasiões em que estávamos acordados ao mesmo tempo, me deixava sentar no sofá com ele e assistir aquele filme.

"E minha mãe sempre gritava com ele nas raras ocasiões em que sentia vontade de ser mãe — continuo, enquanto Bodhi pede uma pipoca e um refrigerante para cada um de nós da janela, paga e voltamos para fora para ficarmos perto da grade para apreciar a vista. — Meu pai olhava para mim e perguntava: 'Você está com medo?' e eu negava com a cabeça, e ele se virava para minha mãe e dizia: 'Viu? Ela está bem'. E eu não ficava com medo. Sabia que era faz de conta e que garotinhas realmente não podiam colocar fogo nas coisas com a mente."

— Depois que você experimentou, é claro. — Bodhi dá uma risadinha, jogando um punhado de pipoca na boca e, em seguida, outro punhado por cima da grade e no vento para algumas gaivotas voando baixo.

— Claro. Fiquei super chateada por minha avó não ter pegado fogo quando gritou comigo por derramar uma tigela de cereal alguns meses depois de eu ir morar lá. — Dou de ombros. — Aquele filme também me ensinou uma lição muito valiosa: se você não consegue fazer o fogo mental funcionar, fogo de verdade deve sempre ser aceso do lado de fora, e não no meio do carpete da sala apenas por diversão.

Bodhi ri, e o som me faz sentir quente e confusa, o que me irrita, e eu enfio agressivamente muita pipoca na boca, engasgando com alguns grãos.

— De qualquer forma, depois que eles saíram da minha vida, fiquei meio obcecada com a ideia do fogo — digo a Bodhi, depois de quase me engasgar com a pipoca, sendo mais honesta com ele sobre meu amor pelo fogo do que com qualquer outra pessoa na minha vida, incluindo meus melhores amigos. Eles apenas acham que eu sou louca pra caralho e aceitam. — Sempre que alguma coisa me incomodava, eu começava a escrever em um pedaço de papel e depois ateava fogo. *Eu odeio matemática. Odeio pessoas. Tucker Shoemaker também não gosta de mim. Eu odeio pessoas. Tenho problemas com o meu pai. Nunca mais vou beber tequila. Pessoas...* E assim por diante. Foi como assistir a todos os meus problemas magicamente queimarem até que desaparecessem, e isso me ajudou a parar de me preocupar com eles, ou ficar pensando nisso, ou ficar irritada. Não sei; parece estranhamente terapêutico, e tenho certeza de que um psicólogo teria um caso e tanto, mas tanto faz.

— Deixe tudo queimar, minha pequena incendiária — Bodhi diz suavemente, enquanto o encaro, me perguntando de onde diabos esse homem veio.

— Eu definitivamente vou dormir com você esta noite — informo,

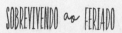

enquanto nos inclinamos sobre a grade e jogamos pipoca para as gaivotas, o sol se pondo sobre o oceano.

— Excelente. — Bodhi acena com aquele sorriso adorável e torto. — Ainda bem que coloquei uma cueca limpa.

CAPÍTULO 7
ESTOU DE OLHO EM VOCÊS, BOMBEIROS

bohdi

Dias atuais...

— Todas as mulheres estão em um Bebidas e Reclamações, e me prometeram diversão pra caramba. É melhor alguém sair dessa videochamada idiota e começar a me divertir, ou vou pegar meu taco de baseball no meu carrinho de golfe.

— Aaah, olhe isso! Estou no Pinterest e encontrei as "20 maneiras mais românticas de pedir alguém em casamento no Natal". Vou apenas lê-los um por um, e você grita quando um deles fizer cócegas em sua imaginação.

— Em vez de Bebidas e Reclamações, vou chamar de Bebidas e Panacões, porque vocês estão sendo um bando de panacas idiotas.

— Você precisa ter algum respeito e parar de pedi-la em casamento durante ou após uma atividade sexual. Se você não tivesse deixado a ilha, poderia ter feito isso em rede nacional ontem à noite, quando a ESPN estava aqui. Ela não teria escolha a não ser dizer sim, sabendo que milhões de pessoas estariam assistindo quando fosse ao ar amanhã à noite.

— Número um, soletre as palavras "você quer se casar comigo" com meias de Natal. Ok, isso é ridiculamente bonito. Eu poderia preparar alguns glitters e deixá-los aí durante a noite para você.

— As bonitas podem parar de tagarelar sobre essa besteira da Hallmark e beber algumas cervejas logo?

— Eu estou dizendo a você: faça em grande estilo ou não faça. Birdie ainda conta a todos que quiserem ouvir como eu a pedi em casamento no buraco dezoito daquele torneio de golfe televisionado. A ESPN queria uma atualização de você de qualquer maneira, então posso pedir que te liguem para fazer uma rápida entrevista por vídeo que podem adicionar ao especial antes de ir ao ar, e então você pode pedi-la em casamento.

— Número dois: escreva as palavras "você quer se casar comigo" com os pisca-piscas de Natal. Bom, mas não é brilhante o suficiente.

— Você pode criar algum tipo de exibição pirotécnica para a videochamada? A ESPN vai adorar essa merda.

— Sim! Fogos de artifício! Eles brilham demais! Onde eu estava? Número três ou número quatro?

— Na minha época, você não pedia a uma mulher que se casasse com você. Só avisava que estavam se casando.

— Ninguém dá a mínima para o que aconteceu em 1910, Murphy. Desculpe! Desculpe! Não me bata!

— Número três, contrate cantores de canções natalinas para fazer serenata para ela com alguns sucessos divertidos de Natal, como *Tudo que eu quero para o Natal é me casar com este cara*, *Meus padrinhos que alegria* e *Bate o sino de casamento*.

— Eu concordo com o cavalheiro mais velho.

Um grito diferente de tudo que já ouvi sai de mim e ecoa pela sala de estar da Casa Redinger, e o celular sai voando da minha mão, quando Sheldon de repente se insere na minha chamada de vídeo com Palmer, Shepherd e Murphy em voz baixa bem perto do meu ouvido.

— Se você precisar de alguma corda para garantir que ela não fuja quando lhe disser o que fazer, tenho algumas no meu porta-malas — Sheldon termina.

Quando minha frequência cardíaca finalmente volta ao normal, olho por cima do ombro de onde estou descansando no sofá para suspirar para Sheldon, que parece aparecer do nada o tempo todo. Quando cheguei ao final da mesa do buffet de café da manhã depois de encher meu prato, me virei para ir para a minha mesa e *bam*! Ele estava a cinco centímetros do meu rosto, perguntando se eu tinha alguma gravata em um dos muitos bolsos da minha bermuda cargo preta.

Dei a ele o benefício da dúvida de que ele queria aquelas coisas para embrulhar um presente, e não um ser humano, mas isso foi claramente burrice da minha parte.

TARA SIVEC

— Você é um cara assustador, sabia disso?

— Por que as pessoas continuam dizendo isso? São os chifres de rena? São os chifres, não é? — Sheldon estende a mão e toca os chifres vermelhos e verdes empoleirados no topo de sua cabeça careca antes de se virar e sair arrastando os pés para o hall de entrada.

Inclino-me para a frente no sofá e pego meu telefone do tapete aos meus pés, onde ele caiu quando Sheldon se curvou no encosto do sofá com a cabeça sobre meu ombro para dar sua opinião sobre meu pedido de casamento para Tess.

Depois de preparar para ela uma massagem de duas horas perto da lareira, e o resto dos hóspedes partirem para o outro lado da montanha para fazer algumas compras de última hora, decidi relaxar sozinho nesta sala cheia com um número ridículo de bonecos Quebra-Nozes e ligar para meus amigos para pedir conselhos. Eles estavam todos na mansão gigante de Wren e Shepherd durante a tarde, enquanto as mulheres faziam compras e bebiam durante o dia. Os caras ficaram chocados por cerca de dez segundos quando eu disse a eles que o pedido durante um boquete dois meses atrás não foi um deslize acidental, só porque a língua de Tess estava por todo o meu pau na época e fez meu coração disparar.

Quero dizer, aquilo fez meu coração disparar, mas meu coração faz isso sempre que Tess faz qualquer coisa que me envolva, mesmo que seja apenas me chamar de idiota por deixar a tampa do vaso sanitário levantada. Mas não foi por isso que a pedi em casamento. Eu estava falando sério na época, e estou falando sério agora. Achei que eles poderiam me ajudar a encontrar uma maneira de fazer Tess dizer sim, mas tudo o que fizeram foi me bombardear com muitas ideias. Agora minha cabeça está pior do que da primeira vez que experimentei alimentos com maconha e comi cinco brownies em meia hora porque pensei que não estavam funcionando.

Mas talvez seja esse o ponto. Tenho mantido tudo muito simples, apenas deixando escapar quando olho para ela e sinto que posso morrer se ela não estiver comigo para sempre. Mesmo que Tess não seja a típica mulher que gosta de corações e flores, ela ainda merece um pedido grandioso e exagerado para que possa contar constantemente a todos que quiserem ouvir, assim como Birdie. E eu fiz a pergunta, de certa forma, como se não fosse grande coisa, e como se ela não merecesse o melhor pedido da face da Terra para se gabar. Uma história que não inclua meu pau em sua garganta ou sexo no meio de hipopótamos natalinos.

SOBREVIVENDO ao FERIADO

— Número oito, faça o Papai Noel descer...

— Ok, acho que são ideias suficientes por um dia — interrompo Shepherd, trazendo o telefone de volta para a frente do meu rosto e ele ainda está lendo as ideias do Pinterest.

E agora Palmer está correndo e gritando dentro e fora de quadro atrás de onde Shepherd está segurando o telefone em sua ilha da cozinha, com Murphy gritando e perseguindo-o.

— Você está falando sério sobre querer se casar com ela, não é? — Shepherd pergunta, trazendo o telefone para mais perto de seu rosto para que eu possa ouvi-lo sobre o caos Palmer/Murphy atrás dele.

— Eu sou um homem. — Aceno, rindo quando vejo Owen aparecer do sofá atrás de Shepherd, e rapidamente jogar duas bolas de estresse do Papai Noel, acertando Palmer e Murphy em seus rostos. Ficando sério novamente e olhando para a bela caneca de Shepherd, dou de ombros antes de continuar: — Sei que é antiquado, mas eu ainda quero. Quero poder apresentá-la às pessoas como *minha esposa*, uma conta bancária conjunta, enviar nosso cartão de Natal dos *Powells* e...

— Você vai adotar o nome de Tess? — Shepherd ri.

— Bem, dã. Por que eu deveria esperar que *ela* mudasse de nome? Sou antiquado em alguns aspectos, mas estou na moda em outros. Além disso, Bodhi Preston Powell soa bem. E minhas iniciais seriam BPP — informo, fazendo um movimento no sofá e começando a cantar: — *You down with BPP?*

— *Yeah, you know me!* — Palmer para de bater nas mãos de Murphy por tempo suficiente para cantar a adaptação de *OPP*, de Naughty by Nature, para mim, junto com Shepherd.

— *Who's down with BPP?*

— *Every last homie!* — Palmer e Shepherd cantam a plenos pulmões, enquanto Murphy apenas nega com a cabeça para eles.

E esta é a segunda razão pela qual nunca quero me afastar de Tess e da Ilha Summersweet. Onde no mundo eu poderia encontrar caras como esses, que são os melhores amigos que já tive e cantam o refrão de uma música do Naughty by Nature sem perder o ritmo?

— Essa é uma música vintage que eu deveria saber? Como é o nome? Vou procurar — Owen fala, tirando o telefone do bolso da calça Nike.

— Bem, esta deve ser uma conversa divertida com a mãe dele quando ela chegar em casa — Shepherd diz alegremente, com um pouco de medo em seu rosto, antes de me dar um sorriso encorajador. — Apenas faça o que achar melhor com Tess. Mas, falando sério, preciso saber pelo menos até uma e meia da tarde sobre essas meias de glitter se quisermos terminar e enviar a tempo.

Com uma risada e um rápido adeus a todos, e uma promessa de que os avisaremos quando voltarmos para Summersweet, tento não ficar um pouco triste porque amanhã será nosso último dia aqui. Teria sido bom ter um Natal pequeno e tranquilo com Tess, já que é o nosso primeiro juntos. Mas eu sei que ela passa a noite da véspera com os Bennetts desde o ano em que sua avó morreu, e de jeito nenhum ela iria querer perder isso. Pelo menos posso passar a noite lá com ela e ainda estaremos juntos, mesmo que seja barulhento e louco.

Agora, só preciso descobrir qual dessas ideias que foram jogadas em mim parece certa, como disse Shepherd.

— Só mais alguns metros e estaremos lá — aviso a Tess, caminhando atrás dela no escuro com minhas mãos cobrindo seus olhos, tão empolgado que nem consigo lidar com isso.

Pelo menos parou de nevar um pouco e o céu noturno acima de nós está claro e cheio de um bilhão de estrelas.

— Você tem sorte de eu ainda estar em coma por causa daquela massagem, seguido de mais cochilos, seguido de comer o melhor macarrão que já comi na vida em nosso quarto enquanto assistíamos Netflix — Tess murmura, e continuo caminhando pela neve no quintal da Casa Redinger. Nosso destino fica a cerca de cem metros do celeiro onde passam filmes de Natal todas as noites. — Duas surpresas em um dia? Você tem tanta sorte que eu esteja de bom humor.

— Prometo que vai valer a pena.

Parando exatamente onde Jason me disse para parar, tiro minhas mãos dos olhos de Tess e tento não pular para cima e para baixo ao lado dela. Assim que tive a ideia perfeita, soube que não conseguiria fazer isso sozinho e procurei Jason para ver se poderia ajudar. Ele estava mais do que ansioso para me ajudar, transformando algo que eu pensava ser terrivelmente complicado e impossível em algo que sou capaz de fazer com apenas o toque de um botão.

Nem sei por que cobri os olhos de Tess para acompanhá-la até aqui. Não é como se ela pudesse ver tudo que Jason e eu montamos no início do dia, quando o sol estava alto e ela estava tirando uma soneca. Estamos longe o suficiente da casa, bem na linha das árvores, e está quase escuro como breu aqui fora, além do brilho suave de alguns pisca-piscas coloridos de Natal alinhados no grande celeiro vermelho atrás de nós que me permitem ver apenas o suficiente para que não tropeçássemos e caíssemos enquanto eu estava guiando Tess pela neve.

— Sei que está frio, mas juro que não vamos ficar aqui por muito tempo — tranquilizo-a, esfregando minhas mãos para cima e para baixo em seus braços cobertos com moletom preto, enquanto ela esfrega as mãos na frente do corpo e balança os joelhos um pouco para se aquecer. Deslizando uma das mãos no bolso, pego o pequeno controle remoto que Jason me deu e coloco meu polegar sobre o botão.

Ele me garantiu que todos estariam ocupados assistindo *O Dono da Festa* no celeiro, desde que planejássemos isso para cerca das oito da noite, e ninguém viria aqui para ver o que está para acontecer. Não sei nada sobre fiação elétrica ou qualquer uma dessas merdas complicadas, mas felizmente Jason sabe. Peguei uma das ideias do Pinterest de Shepherd e usei um pouco de criatividade para torná-la mais o estilo de Tess, inclusive certificando-me de que não havia público. Acho que ela será muito mais receptiva sem a pressão de um bando de estranhos olhando. Tudo o que temos é Jason, que está escondido em algum lugar atrás de nós perto da casa, caso algo dê errado.

Vou pedir a mulher dos meus sonhos em casamento do jeito certo. Absolutamente nada vai dar errado, porque isso era para acontecer, e ela vai adorar!

Pigarreando rapidamente, contorno Tess para ficar na frente dela, de costas para a longa fila de luminárias que montamos bem na linha das árvores. Cada luminária vermelha e verde tem sua própria letra recortada na frente que soletra: "Quer se casar comigo, Tess?". Assim que eu apertar o botão do controle remoto no meu bolso, cada luminária acenderá individualmente, uma a uma, com algum tipo de carga elétrica ou alguma merda que Jason preparou, que acenderá a pequena vela votiva aninhada em cada bolsa, dando-me tempo para contar a Tess tudo o que amo nela antes de pedi-la em casamento. É romântico e envolve um pouco de fogo, e Tess vai ficar tão orgulhosa de mim por ter inventado algo tão grandioso e exagerado que ela poderá contar para o mundo inteiro.

— Tess, eu só quero parar um minuto e dizer uma coisa — começo, parando para respirar fundo, antes de apertar o botão no meu bolso enquanto continuo. Neste momento, a luminária com a letra "Q" deve estar acendendo com sua pequena vela. Eu sorrio para Tess, querendo deixar o resto das letras luminosas acenderem lentamente atrás de mim antes que eu finalmente saia do caminho para que ela possa ver tudo de uma vez. — Tudo o que eu quero para o resto da minha vida é...

— Fogo — Tess interrompe, com uma voz mais entediada do que eu gostaria quando estou professando meu amor eterno e há luminárias românticas ganhando vida atrás de mim... *que ela pode ver claramente agora que está inclinando o corpo para o lado para olhar ao meu redor, caramba!*

— Não, fogo é o que *você* quer. — Rio baixinho, negando com a cabeça para ela, reforçado pelo fato de que seus olhos estão realmente arregalados e animados agora enquanto ela olha ao meu redor e vê meu grande gesto romântico. — Na verdade, eu quero dizer...

A mão de Tess bate no meu peito para me interromper desta vez antes de apontar para trás de mim.

— Não, *fogo*! A madeira está pegando fogo! — repete, e me viro lentamente. — Aaah, essa é minha surpresa? Oba!

Quando estou de costas para Tess, vejo que realmente há um incêndio que está ficando fora de controle rapidamente. Parece que cada luminária de papel não ganhou vida suavemente com o apertar de um botão como Jason prometeu, mas explodiu em um inferno furioso. Tudo isso agora envolvendo a estrutura de madeira de nove metros de comprimento que Jason insistiu em construir a alguns centímetros do chão para colocar as luminárias, para que a neve não molhasse a fiação.

— Porra, sim, vamos queimar tudo até o chão. Esta é a melhor surpresa de todas! — Tess grita, me fazendo rir de sua exuberância enquanto ela dança na neve ao meu lado, embora este seja meu terceiro pedido de casamento que deu errado.

Ou talvez não...

— Tess, amor da minha vida, quer se casar comigo?

Ela imediatamente para de dançar na neve para me encarar, o reflexo das chamas em seus olhos fazendo-a parecer um pouco mais assustadora do que o normal.

SOBREVIVENDO ao FERIADO

— Vai se foder.

— *Desejamos que você se case com esse cara! Desejamos que você se case com esse cara!* — Começo a cantar e a apontar para mim mesmo com os polegares, disposto a tentar qualquer coisa neste momento.

— Vai se foder. Agora eu quero marshmallows. Vou correr para a cozinha antes que a diversão acabe — é sua única resposta ao meu pedidos cantado, enquanto ela se vira para marchar de volta para casa, parando quando Jason passa correndo por nós dois em alta velocidade.

— Está bem! Tudo está bem! Por favor, não conte a minha esposa o que aconteceu aqui esta noite! — Jason grita, e o vemos correr até o fogo e apagar tudo em questão de segundos com o extintor de incêndio com o qual ele veio correndo.

— Droga. Agora não vou ter nenhum marshmallow — Tess reclama, olhando por cima do ombro para mim. — Mas ainda assim foi um incêndio muito foda. Você vai receber um boquete de Natal antecipado hoje à noite.

Bem, merda. Como eu deveria estar triste porque meus planos literalmente pegaram fogo agora? Um boquete no início do Natal soa como o melhor tipo de boquete. De qualquer maneira, eu sempre penso melhor depois de um orgasmo.

— Sério, pessoal! Por favor, não contem a Allie!

Jason ainda está gritando em volta das brasas fumegantes do meu pedido de casamento fracassado enquanto passo o braço em volta dos ombros de Tess, e ela faz o mesmo na minha cintura. Caminhamos de volta para casa pela neve, com Tess tagarelando sem parar sobre como o fogo era bonito, então pelo menos dei a ela algum tipo de história divertida para se gabar para todos que ela conhece. Sempre gosto de ver o lado bom das coisas.

Depois de lermos nossa história para dormir e Tess adormecer, inventarei algo ainda maior e melhor que *definitivamente* a convencerá a dizer sim.

CAPÍTULO 8
NÃO SEJA ELFOÍSTA

tess

— Fico feliz em ver que não sou a única que cheirou muito Adderall muito perto da hora de dormir.

Meus olhos voam até a porta da cozinha quando Millie entra, e coloco a caixa de fósforos que acendi, observando-os queimar a ponta dos meus dedos antes de jogá-los na tigela de água que peguei quando entrei aqui.

— Ah, não. Simplesmente não consigo dormir.

"Tess, amor da minha vida, quer se casar comigo?"

Balançando a cabeça para me livrar de uma das razões pelas quais não consigo dormir esta noite, vejo Millie caminhar o resto do caminho até a grande cozinha estilo casa de fazenda e sentar em um dos banquinhos do outro lado da ilha.

— Uma vez, não dormi por seis dias seguidos, mas estava em uma prisão sul-coreana na época e é impossível ter uma boa-noite de sono com toda aquela gritaria.

Apenas pisco algumas vezes para Millie, sem saber por que estou chocada com as coisas que saem de sua boca. Bodhi me contou muitas histórias sobre sua amiga mais antiga, bem como suas próprias histórias malucas de quando ele viajava pelo mundo. Nada deveria me surpreender neste ponto entre os dois e, ainda assim, me surpreende.

— Por que não pego um chá para nós, e você pode me contar tudo sobre por que está aqui sozinha às três da manhã cheirando enxofre sem me convidar? — Millie sorri, me fazendo rir pela primeira vez desde que percebi que aquele fogo glorioso lá fora era para ser parte de uma porra de um pedido de casamento, e não apenas para diversão.

Uma porra de pedido de casamento do qual realmente me arrependo de não ter aceitado. *Ah, meu Deus, o que está acontecendo comigo? Pelo amor de Deus, Pequeno Tim!*

— Bem, para começar, tenho quase certeza de que estou morrendo de um tumor no cérebro, que divertido. — Dou de ombros, me perguntando por que Bodhi não me empurra para fora de uma janela toda vez que começo a cantarolar Marcha Fúnebre de Chopin sempre que seu telefone toca.

— Pensei que tinha um desses uma vez. — Millie acena com a cabeça, virando-se para o lado em seu banquinho e cruzando as pernas. — Acontece que foi apenas uma viagem de ácido muito ruim de três dias. Mas foi super-rassustador por um tempo. Queremos dois chás quentes com mel, por favor!

Lentamente, olhando para trás por cima do ombro, onde Millie está olhando para o nada depois de pedir chá e não vendo nada além da área da pia atrás de mim, eu me viro e olho para Millie com uma inclinação de cabeça. Claramente, ela cheirou mais do que Adderall, e agora está vendo pessoas que não estão ali.

— Milie? O que você está fazendo? — pergunto, gentilmente, caso ela esteja tendo algum tipo de colapso, o que agora faz meu surto estúpido parecer bobo.

— Estou pedindo nosso chá. — Ela revira os olhos para mim. — Não sei como funciona tão tarde da noite quando todos estão dormindo. Eu sempre peço coisas, e as pessoas as trazem para mim. Devo falar mais alto para o caso de quem faz o chá não me ouvir?

Demora trinta segundos e Millie abre a boca para provavelmente gritar seu pedido desta vez, antes que minha cabeça girando e privada de sono a entenda.

— Que tal eu apenas fazer o chá para nós?

Afastando-me dela com um suspiro, vou até a pia e pego dois saquinhos de chá da cesta ao lado dela. Não querendo vasculhar todos os armários à procura de um bule, trapaceio e uso o método que faço no CGIS quando alguém quer chá. Opero a máquina Keurig em dois ciclos sem colocar uma cápsula e, em menos de um minuto, tenho duas xícaras fumegantes de água quente com saquinhos de chá embebidos nelas. Pegando a garrafa de mel em forma de urso do balcão e duas colheres em uma jarra ao lado dela, viro e ponho tudo no meio da ilha entre nós.

— Eu dou gorjeta para você, ou...?

— Apenas beba seu chá, Millie — digo a ela, trazendo minha caneca até a boca, e sopro nela, olhando ao redor da cozinha, enquanto Millie esguicha metade do mel na dela.

Só dei uma olhada rápida na cozinha quando Allie me acompanhou pela casa antes da minha massagem mais cedo, e estava muito ocupada brincando com fogo quando entrei aqui meia hora atrás para prestar muita atenção ao meu redor. Assim como o resto da casa que parece que Papai Noel e seus elfos cagaram por toda parte, cada centímetro da cozinha foi decorado em um tema de doces com glitter rosa-pastel e verde que faria Shepherd se ajoelhar e lamentar. Há uma grande árvore de Natal branca no canto, perto da mesa da cozinha, com enfeites de doces rosa e verde por toda parte, uma vila de doces de Natal iluminada ao longo do topo de todos os armários brancos da cozinha, guirlanda de pinho branco com rosa. Pisca-piscas verdes alinhadas em todos os armários, janelas e portas, e doces rosa e verdes pendurados no teto com linha de pesca, assim como os flocos de neve que queimei no CGIS.

Mas, por alguma razão, não estou com disposição para queimar nada agora e, pela primeira vez na vida, brincar com fogo não resolveu nenhum dos meus problemas nem me fez sentir melhor.

"Tess, amor da minha vida, quer se casar comigo?"

— Você se parece com minha mãe naquela vez em que contei aos meus pais que não terminaria o ensino médio porque estava saindo em turnê com Jared Leto — Millie comenta, desviando meus olhos de um penduricalho listrado pairando acima da minha cabeça para observá-la mexer o chá, a colher tilintando ao redor da caneca. — Quer dividir um Vicodin e me contar tudo? Já me disseram que sou uma ouvinte muito boa.

— Eu não acho...

— Você pode me passar o leite? — Millie me interrompe.

Tudo o que posso fazer é rir e balançar a cabeça para ela, indo até a geladeira, pegando a caixa de leite e dando para ela.

Por mais que eu esteja morrendo de vontade de ligar para Birdie e pedir seu conselho, não peguei no telefone, porque sei exatamente o que ela vai dizer. Primeiro, vai gritar comigo por uns bons quinze minutos porque não contei a nenhum dos meus amigos que Bodhi começou a me pedir em casamento há dois meses. Segundo, ela provavelmente entrará em um carro para vir até aqui e me chutar por esconder isso dela. E, finalmente,

SOBREVIVENDO *ao* FERIADO

81

vai chutar minha bunda de novo por não dizer sim imediatamente, mesmo sabendo por que nunca quero me casar.

Eu só preciso do conselho de alguém que não vai me chutar e que não é obcecado por corações, flores e romance. E quem melhor para dar esse conselho do que alguém que conhece Bodhi ainda melhor do que eu?

E também porque ela é a única aqui agora, e é conveniente durante a parte do meu colapso da noite, e eu provavelmente até vomitaria em *Stalker* Sheldon se ele estivesse aqui, entãããо...

— Bodhi continua me pedindo em casamento, e eu continuo dizendo a ele para se foder, porque não tive exatamente os melhores exemplos de casamento enquanto crescia, e estou morrendo de medo de que se eu disser sim, isso vai arruinar como tudo é perfeito, e nossa vida vai se transformar em um show de merda de odiar um ao outro assim como meus pais, até que nos esqueçamos de pegar nosso filho de volta quando formos à loja, e não vamos esquecer o show de horrores de uma festa de casamento onde *eu* teria que usar um vestido horrível e fofo, com todo mundo olhando para mim e me julgando e querendo falar comigo, e todo mundo esqueceu que Bodhi é um espírito livre que nunca quer ficar em um lugar, então tudo isso é apenas uma conversa maluca de qualquer maneira? — divago, em um único fôlego, antes de perder a coragem, e também porque estou bastante confiante de que Millie tem um período de atenção muito curto.

Millie apenas sorri para mim, tomando seu chá por alguns segundos, e quase jogo minha caneca na cabeça dela. E então meus olhos se enchem de lágrimas, porque isso seria cruel e totalmente desnecessário, e sim... tenho certeza que é isso. Este é o Pequeno Tim assumindo oficialmente para terminar as coisas de maneira rápida e eficiente. Ou, toda essa merda de pedido de casamento finalmente me levou ao limite, e agora estou morando na Rua do Hospício da Cidade dos Loucos.

— Bodhi não viajou pelo mundo por doze anos porque era um hippie de espírito livre que não conseguia sossegar. — Millie ri baixinho, colocando sua caneca no balcão e cruzando as mãos para descansá-las ao lado dela. — Ele viajou tanto porque nunca encontrou um lugar que lhe desse um motivo para ficar.

Meu coração começa a bater mais rápido, e coloco minha própria caneca para baixo para pressionar a mão contra o peito e tentar fazê-lo desacelerar, enquanto inclino todo o meu peso na minha outra mão no balcão, já que meus joelhos parecem ceder. Millie continua:

— *Você* é a razão de ele ficar, Tess. E se não quer ser como seus pais... então não seja. — Dá de ombros, como se fosse a coisa mais fácil do mundo.

— Certo, então eu vou apenas estalar meus dedos, e isso vai acontecer magicamente. Ok, claro. — Rio, com um revirar de olhos, esfregando a palma da mão com mais força contra a dor estranha no meu peito que chego a pensar que pode ser um ataque cardíaco.

— Tenho certeza que o fato de você estar pirando e gastando todo esse tempo se preocupando em se tornar como seus pais só prova que isso nunca vai acontecer. Acha que eles passaram um segundo enlouquecendo por serem pais ruins?

A ideia disso acontecer realmente me faz rir, e o que ela está dizendo começa a realmente penetrar em meu cérebro obstinado enquanto ela continua.

— E me corrija se eu estiver errada, mas você não é exatamente uma pessoa passiva, certo? — Millie pergunta. Ela não espera que eu responda, minha pele começando a suar frio. — Digamos que você e Bodhi se casaram. Você é realmente o tipo de pessoa que vai sentar e deixar sua vida e seu casamento se transformarem em algo que você não quer?

Estou balançando a cabeça junto com ela, mas minha garganta está tão apertada de emoção que não consigo falar.

Felizmente, Millie faz isso por mim.

— De jeito nenhum! — exclama, batendo o punho contra o balcão e chacoalhando nossas canecas. — Você vai lutar, gritar, agarrar e queimar a porra da casa para conseguir o que quer. Seu casamento é o que você fizer dele, Tess. Porque é seu, e de mais ninguém. É exclusivo apenas para você e Bodhi, e somente vocês dois saberão o que querem ou como fazer funcionar.

Ela faz parecer tão simples.

Porque talvez seja. Talvez casamento não signifique gritaria, ódio e esquecer o que é importante. Talvez o meu casamento com Bodhi... talvez... possa significar um pouco mais. Talvez todo esse tempo eu tenha lutado na direção errada. Tenho lutado tanto contra me tornar meus pais e negar a mim mesma qualquer tipo de felicidade real que nem mesmo me dei a chance de provar que já não sou em nada como eles. E nunca serei, porque *sou* uma lutadora, e *vou* queimar a porra da casa para conseguir o que quero.

E o que eu quero é que Bodhi fique para sempre.

Legalmente.

Para que eu possa acabar com ele se tentar me deixar.

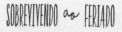

— Seu primeiro casamento deve ser sempre por amor, e você e Bodhi estão totalmente apaixonados. — Millie me dá um aceno reconfortante, abrindo as mãos para deslizar uma sobre o balcão e colocá-la em cima da minha, que ainda é a única coisa que me segura neste momento. — E se você não quer um grande casamento chique, não faça um grande casamento chique. Meu terceiro casamento foi em um banheiro na casa de Vin Diesel, e Adam Levine foi quem celebrou. Mas o terceiro é sempre por dinheiro e/ou pena, então não precisamos nos preocupar com isso agora.

Millie dá um tapinha na minha mão e então pega seu chá, tomando um gole enquanto tudo que já pensei sobre a vida, casamento e o que eu queria do meu futuro explode dentro do meu cérebro em um inferno ardente.

Nunca vou encontrar outro cara que me ame como Bodhi, ou que cuide de mim como Bodhi, ou que aguente minhas besteiras como Bodhi. Que me ame por causa da minha loucura e não apesar dela. Que não se importe porque amo o fogo, apenas que me faça feliz, e que me faça jogar fora todos os meus planos, e acho que não deu tão errado. E que continue a colocar todos os seus desejos e necessidades em segundo plano, só para me deixar contente.

Tipo, me levar para longe de casa porque eu estava sendo uma merdinha teimosa, que ficava muito irritada com tudo relacionado ao Natal. Ele me deu o mundo, e tudo que fiz foi tomar. Se eu quiser ter certeza absoluta de que não serei como meus pais, preciso parar de ser tão egoísta e começar a fazer mais coisas para deixá-lo feliz. Sabe, além de boquetes.

Sem me preocupar em piscar para afastar as lágrimas desta vez ou fingir que tenho algo em meu olho, puxo um pedaço de papel do bolso da frente do meu moletom, e a segunda razão pela qual eu não consegui dormir esta noite. Deslizando-o sobre o balcão em direção a Millie, enfio minhas mãos de volta no bolso do moletom quando ela o agarra.

— Você provavelmente sabe falar *Bodhês*. Consegue decifrar esta lista? É isso que ele realmente quer para o Natal deste ano, ou ele estava muito chapado e anotou todas as coisas natalinas em que pôde pensar? — pergunto, enquanto Millie desdobra o pedaço de papel que li à luz das luzes dos hipopótamos em nosso quarto e, novamente, alguns minutos antes de ela entrar aqui e me pegar brincando com fósforos.

Quando não consegui dormir, saí da cama e vasculhei a carteira de Bodhi para pegar a caixinha de fósforos que ele sempre guarda para mim em caso de emergência. Isso por si só foi o suficiente para me deixar toda engasgada ao andar na ponta dos pés pelo nosso quarto, além de ser uma confusão emocional por causa do pedido de casamento.

E então encontrei esta lista escondida atrás da carteira de motorista dele.

— Ah, meu Deus, é a melhor lista de necessidades de Natal de Bodhi possível! — Millie grita, examinando a lista.

— Espere, você sabe o que é isso? Já viu antes?

— Claro que sei o que é isso! Eu estava sentada ao lado dele na parte de trás da van na noite em que ele mergulhou no oceano e escreveu! Encontrei ele e os caras em um estacionamento 7-11 para me despedir antes de sair da cidade. Não acredito que ele ainda carrega isso com ele! — fala, fazendo-me sentir uma vadia ainda maior do que quando o encontrei pela primeira vez em sua carteira.

Pensei que era algo que ele escreveu recentemente, como uma lista estranha e aleatória de presentes que queria, e coisas de Natal que queria fazer, e me senti mal por mantê-lo enfurnado aqui na Casa Redinger sem fazer nada divertido.

— Tudo o que ele sempre quis foi o Natal perfeito como os que via na televisão. Ele foi tão fofo na época e disse que um dia teria o melhor Natal de todos, e para que isso acontecesse, teria que incluir todas as coisas nesta lista — Millie finaliza, apunhalando a faca mais fundo em meu peito, voltando a dobrar o papel e o devolvendo para mim.

Nada pode fazer você se sentir a maior idiota do mundo do que saber que seu namorado desistiu de seus sonhos de Natal só porque você é um pé no saco por causa do feriado. Sei que tudo o que ele sempre quis é o Natal perfeito, mas eu estava muito ocupada enlouquecendo, sentindo pena de mim mesma e fazendo tudo para me lembrar disso. Ele tem sonhado com o Natal perfeito não apenas nos últimos doze anos, mas por toda a sua vida. E tudo o que fiz foi fazer beicinho, revirar os olhos e agir como o Grinch que roubou o Natal. Mas, em minha defesa, é assim que meu rosto costuma ficar.

Uau, eu sou péssima. Realmente sou péssima, e não tenho ideia de por que Bodhi continua me pedindo em casamento. Eu sou *A* pior.

Engolindo as lágrimas, respiro fundo e com determinação, sabendo que preciso consertar as coisas. Especialmente porque este é provavelmente o meu último Natal na Terra, e eu deveria ir embora em grande estilo. E você sabe, porque eu amo meu namorado e quero fazê-lo feliz.

— Millie, parece que Bodhi e eu estaremos extremamente ocupados o dia todo amanhã. O que acha de fazer umas comprinhas de última hora para mim enquanto estamos fora?

CAPÍTULO 9
SEUS PRESENTES SÃO REQUISITADOS

tess

— Espera, você está falando sério? Vai me deixar fazer qualquer coisa natalina que eu quiser, o dia todo hoje?

— Sim, correto.

— E você não vai reclamar.

— Não vou botar fogo em nada; eu nunca disse que não reclamaria. Agora você é que está falando maluquice.

— Ah, meu Deus.

— Você está bem? Precisa se sentar?

— Eu só… estou tão feliz e não sei o que fazer primeiro. Puta merda, são apenas oito da manhã e temos tanto tempo para tantas atividades de Natal!

— Ah, foda-se.

— Ei, esse é a primeira coisa da minha lista também! Tire sua calça.

— Desculpe, eu menti. Vou precisar queimar alguma coisa primeiro.

— Tudo bem. Permito um pequeno enfeite de hipopótamo, mas temos que substituí-lo enquanto estamos fazendo atividades e… Não! Tess Corinne Powell, não se atreva a queimar isso… Ok, então acho que vamos trocar a colcha *e as cortinas* enquanto estivermos fora.

— Eu preciso de mais cobertura verde, URGENTE!

— Quer parar com isso? Você vai nos colocar em apuros. Allie nos deu uma lista estrita de instruções, com imagens, de como deveríamos fazer isso.

— Eu já lhe disse ultimamente como você é adorável por nos deixar participar do brunch de decoração de biscoitos de Natal?

— Me chame de adorável mais uma vez, e eu cortarei sua garganta com esta faca de manteiga.

— Você sabe que só me excita quando me ameaça com talheres. Pare de enrolar e me dê o glacê verde.

— Não. Você está proibido de colocar mais glacê em todas as bocas de biscoitos do Papai Noel.

— Vamos lá, são artísticos pra caramba. Você está sufocando minha criatividade, cara.

— Onde… Onde foram parar todos os Skittles? Preciso deles para a passarela.

— Desculpe. Estou com fome. Você vai usar o resto daqueles chicletes vermelhos e verdes?

— Quer se concentrar, Bodhi? Meu Deus, você quer olhar para esta obra-prima? É glorioso pra caralho com os pingentes de gelo que coloquei no telhado, e os vitrais que fiz com Jolly Ranchers derretidos, e a passarela de bengalas doce, e as árvores que fiz com pretzels verdes cobertos de chocolate com Red Hots para enfeites. Barb e Eugene acham que ganharam essa coisa com sua estúpida cerca de alcaçuz e seu boneco de neve idiota feito de coco. Vá até lá e derrube uma das pernas da mesa deles.

— Quem imaginaria que Tess Powell poderia ser tão cruel em uma competição de biscoitos de gengibre? Meu pau está totalmente duro.

— Quando seu pau não está duro?

— Você está certa.

— Preciso dos outros três potes de glacê e dos M&M's vermelho e verde para a chaminé. Onde estão todos os M&M's?

— Desculpe... larica.

— Todos? *Incluindo* a cobertura?

— Quero dizer, abri o apetite fodendo você como um campeão no chuveiro esta manhã, caso tenha esquecido, e então pulamos o café da manhã para que eu pudesse te mostrar a maneira correta de fazer anjos de neve. E você sabe, toda aquela maconha que fumei com Sheldon enquanto você estava se desculpando com Allie sobre os biscoitos de Papai Noel batizados. Acontece que ele não é tão assustador quando estou chapado, e é meio irônico que ele guarde ferramentas elétricas, fita adesiva e uma corda de vinte metros no porta-malas.

— Apenas me dê aquela última parede de pão de mel para que eu possa terminar a garagem.

— Sim, sobre isso...

— Chega! Vá para um canto e pense no que você fez. Mas se der uma cotovelada no telhado de Barb e Eugene no caminho para lá, vou pensar em liberá-lo mais cedo do castigo por bom comportamento.

— Sente-se na calçada, assista ao desfile de Natal e pare de correr para o trânsito. Foi exatamente assim que você foi atropelado pelo trem Expresso Polar em Summersweet.

— Mas todo mundo está correndo para pegar doces!

— Você não precisa pegar cada pedaço de doce que as pessoas no desfile jogam para a multidão. Já tem um saco cheio de doces e acabou de fazer uma criança tropeçar para pegar um chiclete antes dela.

— Ela tem três anos! Que porra ela ia fazer com uma porra de chiclete? Soprar uma bolha enquanto está bebendo a mamadeira?

— Você ao menos ouve as palavras que estão saindo da sua boca?

— Arrgghhhh, *tudo bem*! Mas se um dos carros alegóricos começar a jogar fora as árvores de Natal de chocolate, é melhor você tirar essa criança do meu caminho. Olá? Alergia alimentar? Eu basicamente estarei salvando a vida dela.

— Você quer que eu o derrube ou algo assim?
— Não, obrigada, Jason. Ele vai se cansar e parar de gritar e correr em círculos eventualmente. É melhor deixá-lo descer sozinho do auge do açúcar.
— Eu não pensei que ele realmente comeria a casa inteira de Barb e Eugene quando vocês perderam a competição de biscoitos de gengibre.
— Ele é muito dedicado à minha felicidade.
— Ok, bem, o bonde sai em cerca de cinco minutos para dar a volta até o outro lado da montanha e olhar as luzes, onde vamos parar para que todos possam descer e fazer compras ou comer algo, então apenas me... Uau, isso deve doer! Só decidiu fazer ele tropeçar, hein?
— Sim, os gritos estavam ficando irritantes. Você está bem, querido? É hora de olhar as luzes. Não parece divertido?

— Oi, sou Dawn! Qual desses é seu? O meu é o de cinco anos no vagão com o suéter de Frosty, o Boneco de Neve. *Oi, fofinho, acene para a mamãe! Você fica tão bonitinho andando no trenzinho de Natal!*
— Bem, ele não é um merdinha adorável? O meu é o homem de trinta e quatro anos sentado ao lado dele com os joelhos dobrados na altura das orelhas, vestindo a camiseta com os bongs vermelhos e verdes que diz "A árvore não é a única coisa que será acesa este ano". Bodhi, pare de monopolizar o sino do trem e deixe as outras crianças no shopping se divertirem!
— Eles... eles crescem tão rápido.
— Com certeza, Dawn. Não! Tire isso da boca agora! Graças a Deus ele tem idade suficiente para que eu possa bater nele, certo?
— Eu só vou ficar... em outro lugar.
— Provavelmente é melhor mesmo.

— Você está fazendo uma cena.
— Eu não estou fazendo uma cena. *Ele* está fazendo uma cena.
— *Ele* tem dez anos e está esperando na fila para ver o Papai Noel.
— Sim, bem, eu também, e ele furou a fila, e eu esperei muito mais tempo para ver o Papai Noel do que ele!
— Você realmente mostrou a língua para uma criança?
— Ele começou.
— ...
— ...
— Desculpe, vou me comportar. Estou tão empolgado para ver o Papai Noel e nem acredito que você me trouxe aqui! Este é o melhor dia *de todos*, e você é a melhor *namorada* de todos os tempos! Podemos pegar chocolate quente depois disso com minimarshmallows extras e confeitos?
— Podemos fazer o que você quiser depois disso, contanto que pare de ficar mostrando o dedo do meio pelas costas toda vez que você se afasta daquele garoto, como se eu não soubesse o que você está fazendo.
— Tanto faz... verei o Papai Noel depois dele. Vou apenas dizer ao grandalhão que ele é um merdinha maldoso e que deveria colocar apenas carvão na meia de presentes do moleque. Ele vai se sentir um idiota por furar a fila quando não ganhar nada no Natal.

— Você vai me deixar fazer isso? *Em público?*
— Bodhi, você vai parar de fazer tanto alarde e simplesmente fazer isso?
— Mas tipo, é a primeira vez que você me deixa fazer isso *enquanto tem gente por perto!* Você vem me dizendo há seis meses que não é uma coisa para fazer o tempo todo porque é muito doloroso, e temos que guardar para

ocasiões especiais como no meu aniversário, e agora você está me dizendo que quer fazer isso *agora mesmo*? Na frente das pessoas?

— Você está sendo muito estranho sobre algo que me implora constantemente. Não é como se alguém fosse nos ver. Está escuro aqui, e as pessoas estão todas ocupadas. E esta é uma ocasião especial, então agora estou te deixando fazer o que quiser enquanto estiver lá.

— Isso é tão sexy, sabia?

— Apenas cale a boca e faça logo.

— Tudo bem então, vire para o lado e prepare-se. Vou pular naquele sofá atrás de você, envolver meus braços ao seu redor e depois vou me aconchegar enquanto assistimos a este filme de Natal no celeiro com o resto dos hóspedes.

— Eles não poderiam pelo menos ter escolhido algo divertido, como *Krampus: O Terror do Natal*, com mais derramamento de sangue? Por que eles têm que me torturar com o *Natal Branco*? Há tanta cantoria.

— Shhh, apenas fique aí deitada como uma boa menina, e isso vai acabar logo.

— Não é a mesma coisa que você me disse na primeira vez que tentamos anal?

— Ha-ha, você é hilária. Sério. Cale a boca e deixe-me desfrutar de abraçá-la em público.

— ... sorrio para ela e falo as palavras que nunca disse em voz alta em toda a minha vida. "Feliz Natal, Noel". Fim.

— Ah, meu Deus, esse foi o melhor romance de Natal que já lemos este ano. Estou definitivamente feliz por termos trazido esse. Você está ficando muito melhor em fazer todas as vozes quando lê, Tess. Estou tão orgulhoso.

— Esse foi o livro mais idiota que já lemos com o título mais idiota ainda.

— Vamos lá, *The stocking was hung* é insignificante e festivo.

— É ridículo, e aquele livro também.

— Não há nada de ridículo em um boquete na oficina do Papai Noel.

Eu sabia que estávamos esquecendo alguma coisa no shopping mais cedo.

— Boa noite, Bodhi.

— Boa noite, Tess. Eu te amo demais.

— E eu te amo o suficiente para não te sufocar durante o sono. Esta noite.

— Esse é o espírito natalino! Quer queimar alguma coisa só por diversão antes de desligar a luz?

— Não, estou bem.

— Então você se importa se eu queimar algo só por diversão? Hehehe, entendeu? Porque eu fumo...

— É hora de parar de falar e ir dormir agora, Bodhi.

— Tudo bem. Temos que voltar para casa amanhã cedo de qualquer maneira.

CAPÍTULO 10
MAS ESPERE, TEM MAIS

tess

"*Eu quero um...*"
"*Eu quero um...*"
"*Eu quero um...*"

— Eu não posso acreditar que você trocou esse travesseiro estúpido ontem. — Rio, virando a cabeça na cama para olhar por cima do ombro.

Minha risada é rapidamente interrompida com um gemido quando Bodhi segura seu pau dentro de mim e então gira seus quadris contra minha bunda, beijando seu caminho até o lado do meu pescoço atrás de mim.

— Você sabe que nunca mais poderá gozar sem ouvir essa música. — Ele ri baixinho contra o lado da minha orelha, seus braços fortes envolvendo meu corpo com mais força enquanto deitamos de lado na cama, sob os cobertores, fazendo sexo matinal sensual e meio adormecido.

Uma de suas mãos está segurando meu seio, seu polegar esfregando meu mamilo de forma torturante, sua outra mão está entre minhas coxas, seus dedos circulando meu clitóris enquanto ele começa a bombear dentro e fora de mim novamente.

— Porra, Tess — Bodhi sussurra em meu ouvido quando coloco uma das minhas pernas sobre o joelho dele, me abrindo mais e arqueando minhas costas para que ele possa afundar mais.

Paro de me preocupar com o ridículo travesseiro de hipopótamo que de alguma forma passou por baixo de nós, quando os dedos de Bodhi começam a circular mais rápido. Meu corpo quente e lânguido vibra com a necessidade, assim como fez logo que Bodhi me acordou, deslizando seus braços ao meu redor sob as cobertas junto com seu pau dentro de mim. Empurro meus quadris para trás para encontrar suas estocadas, minhas unhas cravando na pele do braço de Bodhi que está ancorado ao meu redor.

— Deixe-me sentir você gozar, minha pequena incendiária — sussurra em meu ouvido.

Com mais alguns golpes de seus dedos experientes sobre meu clitóris, estou gozando e gritando seu nome enquanto Bodhi me segue rapidamente. Seus braços apertam meu corpo contra si enquanto ele balança os quadris contra mim, cantando meu nome contra meu pescoço; sinto seu pau pulsando dentro de mim durante seu orgasmo.

É a melhor maneira de acordar no que espero ser o melhor dia de nossas vidas até agora.

Ficamos enrolados juntos na cama com os braços de Bodhi ainda em volta de mim e seu peito pressionado contra minhas costas, cochilando novamente por alguns minutos até que há uma batida na porta. Quatro batidas lentas seguidas de duas rápidas.

Está na hora.

— Vamos. Tenho uma surpresa para você. — Bato a mão contra um dos braços de Bodhi ao meu redor para acordá-lo, aquele com a mão ainda segurando firmemente meu seio.

— Achei que nunca te perguntaria isso, mas… você está doidona?

Uma pequena gargalhada sai de mim quando Bodhi me faz essa pergunta com tanto choque em sua voz. Olhando para trás por cima do ombro e sorrindo novamente quando vejo seus olhos arregalados, levanto o queixo e beijo o lábio inferior de sua boca igualmente aberta.

— Apenas doida pela vida, amor — digo a ele, me desvencilhando de seus braços e pernas e me arrasto para fora da cama.

— É isso. Este é o dia em que você me mata — Bodhi murmura, observando-me pegar minha calça de corrida preta com uma corrente que pende de dois passadores de cinto da minha mala, uma camisa de flanela xadrez preto e branco, um gorro, porque que se dane fazer qualquer coisa com meu cabelo, e dois outros itens que escondo na minha braçada de roupas. — Você me enganou ontem, deixando-me enlouquecer pelo Natal, e hoje é o dia em que eu morro. Você até me deu biscoitinhos de Natal antes da morte. Isso foi realmente muito atencioso da sua parte.

Rio de seu drama enquanto Bodhi rola lentamente para fora da cama do lado oposto ao meu, e jogo para ele uma bermuda cáqui limpa através das cobertas amarrotadas, bem como uma camiseta verde com um boneco de gengibre nela que diz vamos ficar assados.

— Ei, isso é novo! — Bodhi se anima, segurando a camisa na frente de si com um sorriso, mostrando o primeiro sinal de felicidade desde que decidiu que eu o surpreenderia com algo igual a eu estar matando-o.

— Sim. É novo. — Dou de ombros casualmente, embora pela primeira vez na vida eu esteja explodindo de animação como uma espécie de garotinha tonta. — Tenho que fazer xixi. Vista-se e sairei quando estiver pronta.

Estamos completamente vestidos e descendo as escadas dez minutos depois, comigo andando cuidadosamente atrás de Bodhi na ponta dos pés com meus braços acima de seus ombros e minhas mãos cobrindo seus olhos, manobrando em torno de todos os malditos Quebra-Nozes ao conduzi-lo pela sala de visitas. Parando-o bem ao lado da mesa de centro em frente ao sofá, tiro as mãos de seus olhos e passo para o lado dele, observando seu rosto quando pisca para focar e vê o que está sentado no meio da mesa.

— Ah... meu... Deus — ele sussurra, seus olhos ficando enormes, e tenho certeza que os vejo se enchendo de lágrimas. — Esse é o maior bong de Papai Noel que eu já vi na vida.

Primeiro item na lista de necessidades do melhor Natal de todos os tempos de Bodhi: *o maior bong de Papai Noel que já vi na minha vida.*

Com cerca de quarenta e cinco centímetros de altura por vinte e cinco centímetros de largura no meio da mesa de centro, está realmente o maior bong de vidro em forma de Papai Noel grande e gordo — com a tigela de vidro projetando-se de sua barriga grande — que alguém provavelmente já viu na vida. Não faço ideia de como Millie encontrou essa coisa e não me importo. Estou feliz por ela ter concordado em me ajudar duas noites atrás, quando lhe dei aquela lista. Embora eu mal tenha dormido nas últimas duas noites — porque acho que é o momento em que Millie trabalha melhor e ela ficava me mandando mensagens com perguntas —, valeu a pena as noites sem dormir só para ver a expressão no rosto de Bodhi neste momento.

— Estarei de volta em cerca de quinze minutos. — Bodhi sorri feliz, inclinando-se para pegar o bong.

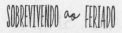

— Não, ainda não. — Eu o paro com uma das mãos em seu braço. — Sua surpresa ainda não acabou.

— Não entendo as palavras que saem da sua boca. Santo bong — Bodhi murmura, nem mesmo olhando para mim ao se inclinar para a mesa de centro com os dois braços esticados à sua frente.

— Sério, você só tem que esperar uns dez minutos — afirmo, empurrando seus braços para baixo.

— Meu. Me dê.

Bodhi continua pegando o bong, e eu continuo empurrando seus braços para baixo, até que finalmente tenho que pegar um cobertor do encosto do sofá e jogá-lo sobre o bong para que não fique mais à vista.

— Jesus, eu sabia que deveria ter deixado essa surpresa por último. Agora você não vai se importar com mais nada. Millie! Se apresse! — grito, para onde sei que ela está escondida no saguão, esperando meu sinal para a próxima surpresa.

Assim que Bodhi se vira para ver o que está acontecendo, *All I Want for Christmas is You*, de Mariah Carey, começa a explodir pelo alto-falante, definitivamente acordando o resto da casa.

— Houve uma pequena confusão depois que nos falamos pela última vez! — Millie berra, em meio à música, sua cabeça aparecendo na sala, alguns hóspedes entrando da sala de jantar para ver do que se trata todo aquele barulho. — Apenas... abrace a mudança e sinta o espírito natalino! Mas, especialmente, sinta a bunda daquele terceiro!

Ela desaparece, ouvimos a porta da frente abrindo e então...

— Bem, isso é inesperado e ainda assim... estranhamente excitante. Oi, rapazes! — Bodhi cumprimenta alegremente os homens em fila única com um aceno, que entram dançando na sala de estar. Cada um parecendo um figurante do Magic Mike, vestindo nada além de gorros de Papai Noel e sungas vermelhas e brilhantes.

— Sei que era para serem mulheres, mas você não tem ideia de como é difícil conseguir strippers femininas em tão pouco tempo nesta época do ano! — Millie grita, sobre a voz de Mariah Carey, que balança seu corpo junto com um dos nove dançarinos exóticos.

— Eu não disse strippers. Eu disse dançarinas! — esbravejo, por cima da música, e tento não vomitar quando um Papai Noel sexy, gorduroso e rebolador começa a balançar o quadril a cinco centímetros de mim.

Bodhi está assobiando e tirando notas de um dólar de sua carteira enquanto um grupo de strippers masculinos rebola e dança ao seu redor, então acho que a confusão acabou dando certo, considerando que também errei um pouco em um dos itens da lista.

Segundo e terceiro itens na lista de necessidades do melhor Natal de todos os tempos de Bodhi: *nove mulheres incríveis dançando e uma serenata da Mariah Carey cantando seu maior sucesso de natalino.*

Em defesa de Millie, ela se ofereceu para enviar uma mensagem de texto para Mariah, apesar de terem se desentendido alguns anos atrás, quando Millie disse que "acidentalmente" ficou com Nick no Kid's Choice Award. Doce de sua parte, de verdade. Meio que *tenho* que perdoar os strippers masculinos, embora eu especificamente tenha dito a ela para entrar em contato com a equipe de dança da escola local para contratar algumas dançarinas totalmente vestidas para todos poderem ver.

Caminhando cautelosamente na ponta dos pés pela sala com os braços acima da cabeça para não tocar em nenhum dos homens seminus e engordurados empurrando o ar com os quadris ao som da música, chego à árvore no canto da sala e pego a caixa grande e pesada com o fundo e a tampa embrulhados separadamente em papel de Natal que Millie colocou lá para mim. Segurando com cuidado em meus braços para que o presente dentro não tombe, volto para Bodhi no meio da sala bem quando ele fica sem notas de dólar e enfia a carteira de volta na bermuda.

— O que diabos está acontecendo?! — ele ri, gritando por cima da música e me fazendo rir junto consigo, enquanto os pais que vagavam pelo ambiente começam a cobrir os olhos de seus filhos ao verem todos os giros de quadril e peitos nus.

— Mais surpresas. — Dou de ombros, entregando-lhe a caixa.

Segurando-a em um braço, Bodhi levanta a tampa e a joga no tapete, estendendo a mão e puxando para fora.

— Sim, outra pequena confusão com esse também! — Millie sorri, ainda dançando.

Bodhi joga a caixa vazia no chão e segura um pedaço de madeira suja de meio metro de comprimento e quinze centímetros de espessura, que parece ter vindo da pilha de lenha ao lado da casa.

— Sou judia, mas mesmo as pessoas que celebram o Natal não sabem que porra é um yule de Natal, e perguntei a todos. Além disso, vocês, idiotas, escreveram errado, então eu consertei.

Quarto item na lista de necessidades do melhor Natal de todos os tempos de Bodhi: *um yule de Natal.*

SOBREVIVENDO ao FERIADO

— Era para ser um daqueles bolos de rolo de chocolate cobertos de glacê para parecer um tronco — digo a Bodhi, que segura o pedaço de madeira mais alto para ver que Millie pintou com spray nele.

— Quem é você? — Bodhi sussurra, seus olhos brilhando de felicidade enquanto eu pego o maldito tronco de sua mão e o coloco na mesa de centro ao lado do bong do Papai Noel agora coberto.

— Mas espere, tem *méééis*! — Reviro os olhos com o quão ridícula pareço dizendo um trocadilho idiota de Natal, enquanto Millie recomeça a música de Mariah Carey desde o início quando chega ao final. Alguns hóspedes se juntaram a nós na sala de estar para dançar com os strippers ao nosso redor, enquanto Allie e Jason estão no saguão exatamente como Bodhi quando pensou que eu iria matá-lo.

Com os olhos de Bodhi fixos nos meus, comigo a poucos metros dele no meio da sala, rapidamente desabotoo minha calça e a desço pelas pernas, chutando-a e, finalmente, não suando até a morte depois de usá-la em cima da legging de cor cáqui que coloquei no banheiro. Uma das sobrancelhas de Bodhi se ergue, e ele fica com um olhar sacana quando começo a desabotoar minha camisa de flanela. O olhar sacana é substituído por um choque de olhos arregalados quando ele percebe que não estou me juntando aos homens seminus ao nosso redor para me despir, enquanto puxo minha camisa pelos braços e a jogo para o lado junto com a calça... para revelar a camisa de algodão verde de mangas compridas que também vesti no banheiro, com um boneco de gengibre estampado, junto com as palavras "vamos ficar assados".

Quinto item na lista de necessidades do melhor Natal de Bodhi: *Pijamas de Natal combinando.*

Lágrimas estão definitivamente enchendo os olhos de Bodhi agora enquanto eles correm para frente e para trás entre nossas ridículas roupas combinando, sussurrando: "Puta merda, nós combinamos", e dou um aceno para Millie.

Ela rapidamente trota até mim na ponta de seus saltos altos e me entrega uma pequena caixa.

— Então, houve uma...

— Confusão — eu a corto com uma risada e reviro os olhos, pegando a caixa. — Imaginei. Obrigada.

Millie beija minhas bochechas antes de sair trotando. Respirando fundo, diminuo a distância entre mim e Bodhi e entrego a caixa a ele.

— Abra — sussurro, quando ele apenas fica lá olhando para mim, e Millie finalmente abaixa a música para que não fique no nível de uma festa de arromba, e os strippers e hóspedes começam a dançar lentamente ao som da música, em vez rebolar ao nosso redor.

— Uau, sacana — Bodhi diz com um abanar de suas sobrancelhas quando finalmente tira a tampa da pequena caixa nas mãos. Não há nada que eu possa fazer além de suspirar com um sorriso no rosto quando vejo o que está aninhado dentro da caixa.

Sexto item na lista de necessidades do melhor Natal de todos os tempos de Bodhi: *cinco malditos anéis de ouro abençoados por Snoop Dog.*

— Não conseguimos encontrar Snoop em tão pouco tempo...

— Mas ele manda lembranças das Ilhas Turcas e Caicos! — Millie me interrompe, gritando no saguão, enquanto Bodhi olha para ela, dando-lhe um sorriso e um aceno de queixo em agradecimento.

— Mas ei, nada diz "quer se se casar comigo" como cinco anéis penianos de ouro. — Já estou de joelhos na frente de Bodhi antes de terminar de falar. Há um suspiro alto, e então a caixa de anéis penianos escorrega de suas mãos e se espalha pelo carpete perto do meu joelho quando ele desvia o olhar de Millie e depois para baixo e vê o que estou fazendo.

E agora, estou pedindo meu namorado em casamento, porque, caramba, meu nome é Tess Powell, e eu faço os pedidos por aqui!

— Ai, meu Deus, ai, meu Deus, ai, meu Deus! — Bodhi cantarola, saltando para cima e para baixo na ponta dos pés e abanando o rosto com as duas mãos. Ele se foca em mim com olhos que estão mais animados do que quando viu o bong do Papai Noel.

Descansando as duas mãos no joelho dobrado, respiro fundo e solto o ar lentamente enquanto olho para ele.

— Você sabe que eu realmente odeio essas coisas clichês, então isso vai ser rápido — começo, engolindo em seco algumas vezes e pressionando uma das minhas mãos contra minha barriga para tentar acalmar o frio que começo a sentir ali.

As mãos animadamente agitadas de Bodhi vão para sua boca enquanto eu continuo, mas ele ainda está pulando para cima e para baixo em seus pés, apenas me fazendo amá-lo ainda mais do que pensei que poderia.

— Eu te amo pra caralho, e deveria ter dito sim para você na primeira vez que me pediu — digo a ele honestamente, seu rosto de repente ficando embaçado, meus próprios olhos se enchendo de lágrimas. — Mas sério, cara, durante um boquete? Você realmente quer contar aos nossos netos que fez o pedido enquanto seu pau estava na minha garganta?

Todos os strippers começam a aplaudir, e eu os silencio com um aceno de mão antes de me curvar, pegar um dos anéis penianos de ouro e segurá-lo na minha frente, *simbolicamente*.

Claro. Porque esta vai ser uma história muito melhor para contar aos nossos netos.

Bodhi tira as mãos da boca para soltar outro suspiro alto, e eu agarro uma de suas mãos e dou um aperto.

— Bodhi Preston Armbruster III, você gostaria...

— Ah, bom, você usou os dourados que eu tinha no meu baú!

Meus dedos se separam e imediatamente solto o anel peniano que estou segurando para Bodhi quando Sheldon entra na porta ao lado de Millie.

Soltando uma respiração irritada, olho de volta para Bodhi, que apenas ri e balança a cabeça para mim.

— Você é meu melhor amigo, mas não diga isso a Birdie. Você guarda caixinhas de fósforos de emergência em sua carteira para mim. E cuida de mim, todos os dias. Sei que não sou a pessoa mais fácil de amar...

— Cala a boca, você é perfeita — Bodhi me interrompe, limpo uma lágrima na minha bochecha, e ele faz o mesmo, antes de eu entrelaçar meus dedos nos dele e olhar de volta para seus olhos.

— Não diga isso. — Balanço a cabeça. — Não sou perfeita e não quero ser. Eu só quero ser perfeita para *você*.

— Você já é — ele sussurra rapidamente, me fazendo desejar não ter perdido tanto tempo lutando na direção errada.

— Além disso, se eu fosse perfeita, não teria para onde ir, além de ladeira abaixo. E, amor — eu digo a ele, sorrindo para o homem que eu amo pra caralho, —, eu só quero passar o resto da minha vida flutuando na fumaça que você faz. Quer se casar comigo?

— Awww, você fez um trocadilho com maconha! — Bodhi exclama, com um enorme sorriso, e puxa minha mão, me levantando e me puxando contra seu corpo, me fazendo soltar um grito quando me levanta e me gira. — Minha resposta é sim! Sim, vou fazer de você a mulher mais feliz da porra do mundo e me casar com você! — Bodhi grita, salpicando o lado do meu rosto com beijos enquanto envolvo os braços em seus ombros e seguro firme para ele nos girar. — Já era hora de você fazer o pedido. Ah, meu Deus, foi tão vergonhoso que todos os meus amigos ficaram noivos antes de mim!

Todos os strippers assobiam novamente, Millie aumenta o volume da música de novo, e Jason e Allie abrem um champanhe quando Bodhi finalmente me coloca no chão, seus braços ainda fechados firmemente ao meu redor; estendo a mão e afasto seu cabelo de seus olhos.

Abro minha boca para contar a ele minha última surpresa, quando o som de seu celular tocando no seu bolso de trás me interrompe. Bodhi me solta e dá um passo para trás para pegar o aparelho, seu queixo caído quando vira a tela para que eu possa ver.

Dr. Wright.

— Vou lá fora atender.

Ele começa a se virar, e agarro seu braço para detê-lo enquanto a celebração continua ao nosso redor, taças de champanhe sendo brindadas.

— Apenas atenda.

Bodhi espera mais dois toques antes de perceber que estou falando sério e então pressiona o botão de atender.

Tapando o ouvido com um dedo para abafar o ruído, ele leva o telefone até o outro ouvido.

Ouço o lado de Bodhi da conversa, observando-o acenar com a cabeça e dizer alguns "sim" e alguns "ok", e meu coração começa a bater forte dentro do peito, e começo a ter dificuldade para respirar. Estou esfregando a palma da mão contra meu coração que bate rapidamente e pressionando a outra com mais força contra minha barriga para acalmar o frio, mas não funciona, e nada pode me fazer sentir calma agora, porque eu *sei*.

Bodhi está concordando, e seus olhos estão ficando maiores com cada palavra que o médico diz, e eu *sei*. Sei o que ele está dizendo a Bodhi agora, seus olhos voando para os meus em pânico com algo que o médico diz, porque eu sabia o que havia de "errado" comigo nos últimos dois meses. Eu estava com muito medo de admitir.

Eu soube na primeira vez que vomitei. E na segunda vez. E na terceira, e na quarta, e na quinta. E eu sabia quando chorava em um maldito filme da Hallmark, e quando minhas mudanças de humor quase me faziam incendiar um carro alugado inteiro quando Taco Bell não tinha o que eu queria. Eu sei do que se trata toda essa merda, porque...

— Você está grávida — Bodhi sussurra, o telefone escorregando de sua orelha, seu braço caindo ao seu lado.

— Estou grávida. — Encolho os ombros.

E, de repente, meu coração começa a bater normalmente de novo, o

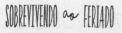

frio na barriga para de gelar e sinto que posso respirar outra vez quando digo em voz alta.

Mas agora não consigo ver, porque estou chorando tanto, e antes que eu possa reclamar sobre o quão menininha eu sou, as mãos de Bodhi estão no meu rosto, e ele está colando os lábios contra os meus. Envolvo meus braços firmemente em torno de sua cintura enquanto ele adora minha boca por alguns minutos antes de tomar seu tempo fazendo uma trilha com os lábios em ambas as minhas bochechas, beijando as lágrimas até que ele se afasta para olhar para mim.

— Você está bem? Quer que eu pegue uma faca para você?

— Eu tenho uma alma sombria, mas não *a esse ponto*.

— Não para você! — Bodhi ri, balançando a cabeça para mim, ainda segura meu rosto em suas mãos. — Eu quis dizer para mim. Você vai me matar agora por te engravidar, e eu entendo; sério. Só peço que evite usar fogo só desta vez, porque, honestamente, parece uma forma muito lenta e agonizante de morrer. Se você me ama, vai fazer isso rápido e indolor.

— Se estamos sendo técnicos aqui, é super rápido e indolor, porque o fogo queima todos os nervos e receptores de dor, e então a adrenalina entra em ação, o que é sempre bom. — Dou de ombros.

— Bem, eu certamente me sinto muito melhor agora — Bodhi concorda.

Levantando-me na ponta dos pés, pressiono meus lábios nos dele, mantendo-os lá por alguns segundos antes de me afastar. Bodhi apoia sua testa contra a minha, sungas começando a voar pela sala quando o champanhe vai direto para a cabeça dos strippers.

— Nós vamos ter um bebê — Bodhi sussurra, maravilhado, começando a nos balançar de um lado para o outro, e aperto meus braços em volta de sua cintura.

— Eu sei. — Sorrio, olhando para ele através dos meus cílios. — Estou morrendo de medo de estragar tudo.

— Não tenha medo. Nós vamos estragar tudo juntos.

Eu rio em meio às lágrimas, e Bodhi as enxuga com os polegares tão rápido quanto elas caem.

— Você já está me criando nos últimos seis meses, e olha como é boa nisso? Ainda estou vivo, e nunca senti que precisava ligar para o Serviço Social, exceto aquela vez que você acidentalmente colocou fogo na minha meia enquanto ela ainda estava no meu pé, mas eu realmente estava pedindo por isso naquele dia. Você vai ser a melhor mãe de todas — Bodhi me tranquiliza.

— Ótimo. Agora terei *duas* crianças para criar. — Reviro os olhos, embora tenha um sorriso tão grande no rosto que minhas bochechas chegam a doer.

— Claro, vamos chamar o bebê de Pequeno Tim até sabermos o que teremos — Bodhi diz seriamente.

— Nem a pau.

— Vamos ver. — Ele sorri. — E tem *certeza* de que não quer me matar?

Uma imagem de Bodhi se forma instantaneamente em minha mente. Aquela em que ele está sem camisa — *qual é, é minha fantasia, pessoal* — daqui a um ano, em um quarto escuro com apenas o brilho suave das luzes de uma árvore de Natal, segurando um bebê contra o peito, balançando-o para frente e para trás e cantarolando "eu quero um hipopótamo de Natal".

Eu rio e nego com a cabeça, minha testa deslizando contra a de Bodhi.

— Eu não quero te matar.

— Ok, então me escute — diz, de repente, puxando a cabeça para trás da minha e tirando as mãos do meu rosto para apoiá-las em meus ombros. — Sei que você não é fã de festas de casamento grandes e chiques e, francamente, minha pequena incendiária, nem eu. Que tal aquele que lemos naquele romance de faroeste na semana passada, onde fingimos que tenho que me casar com você ou seu pai vai atirar em mim?

— Se vocês realmente precisam de uma espingarda, eu tenho uma...

— Estamos bem, Sheldon! — Bodhi e eu dizemos ao mesmo tempo quando o rosto de Sheldon aparece ao lado do nosso.

— Está falando sério? — pergunto a ele, depois que Sheldon se afasta.

— Baby, estou falando sério desde a primeira vez que você sorriu para mim. Só quero passar o resto da minha vida te fazendo sorrir, e não quero perder nem mais um segundo. Especialmente agora que Pequeno Tim tornou você tão favorável ao casamento e tudo mais. — Ele sorri, o que lhe rende um tapa na barriga, que obviamente ricocheteia em seu abdômen e faz minha mão doer.

Depois de alguns segundos olhando ao redor da sala, com strippers agora dançando sobre os sofás, Allie e Jason dançando um com o outro no saguão depois de desistir de tentar tirar um deles do balcão da recepção, e um stripper realmente sentado no canto usando bong de Papai Noel de Bodhi, eu olho para o homem que amo e a única coisa normal nesta sala neste momento.

— Caramba, por que não, né? — Dou de ombros, o sorriso de Bodhi iluminando seu rosto.

— Esse é o espírito natalino! Ei, Millie! Você ainda é uma ministra ordenada? — ele grita do outro lado da sala.

CAPÍTULO 11
PAR PERFEITO

bohdi

— Ela poderia ter tido pelo menos um vestido! Já é ruim essa vaca se casar antes de mim! Ela ao menos viu algum dos vestidos na quarta pasta que dei a ela?

— Cale a boca, é totalmente romântico e doce!

— Eeeca, nojento, mãe! Pare de fazer essas caretas de beijos para Shepherd, ou vou vomitar.

— Não tem nem glitter no chapéu dela? Ah, meu Deus, vocês são um bando de selvagens, e eu nem os reconheço agora.

— Sério, isso poderia ter acontecido na ESPN, seus preguiçosos!

— Jesus Cristo, podemos superar isso? Preciso comer alguma coisa e tomar meus remédios.

— Se vocês não calarem a boca agora, vou fechar a tampa deste laptop e vocês estão oficialmente desconvidados! — Tess finalmente grita.

Eu rio, andando até ela, curvando-me para acenar para todos os nossos amigos que estão assistindo o que estamos prestes a fazer do conforto da enorme sala de estar de Shepherd e Wren, onde todos estavam embrulhando presentes quando ligamos para contar nossas *duas* boas novas.

Tess prende a respiração, nervosa, esperando que Birdie e todos os outros começassem a gritar com ela e enlouquecer, mas todo o nervosismo foi em vão. Assim que Tess deixou escapar tudo, houve cinco segundos de silêncio antes que o inferno começasse. Todos começaram a discutir entre si sem nós por uns bons quinze minutos sobre quem deve dinheiro a quem, porque metade deles, incluindo Birdie, já havia adivinhado há muito tempo que Tess estava grávida. E que provavelmente faríamos algo louco como fugir para nos casar enquanto estávamos de férias; todos eles fizeram suas apostas no dia em que deixamos Summersweet.

— Você está pronta para fazer isso, minha pequena incendiária?

Tess se afasta do laptop aberto que Allie preparou para nós em uma banqueta no quintal, na neve, depois que o sol se pôs, bem perto da linha das árvores onde meu pedido de casamento pegou fogo.

E Jason só levou esporro por cinco minutos por não ter contado que quase colocou fogo em toda a floresta ao redor da propriedade, então isso foi bom para ele.

Mesmo que nenhum de nós quisesse um grande casamento com muitas pessoas, ainda queríamos que aqueles que mais amamos testemunhassem, e agradecemos profusamente a Allie quando ela teve a ideia do laptop. Tess até foi legal comigo e com meu amor pelo Natal, deixando-me cuidar da decoração do casamento, que inclui a árvore de hipopótamo do nosso quarto que arrastei para cá com uma extensão, algumas luzes cintilantes penduradas nas árvores ao nosso redor e outro item do nosso quarto que ainda não acredito que ela concordou.

— Pronta como nunca estarei. — Tess sorri para mim, ainda usando o lindo gorro preto sobre o cabelo azul, dizendo que podemos considerá-lo seu véu.

Concordando em trocar nossos pijamas combinando para que pudéssemos guardá-los para a véspera de Natal, decidimos vestir o que quiséssemos, já que este casamento é nosso e podemos fazer o que quisermos com ele. E já que, como o resto de nossos amigos, Millie presumiu que também faríamos algo maluco, ela comprou para Tess e para mim camisas combinando. Uma preta que diz "noivo" e uma branca que diz "noiva". Quando Millie nos entregou antes de subirmos para nos trocar, Tess imediatamente arrancou a de noivo da minha mão e me entregou o de noiva, porque obviamente minha garota queria usar preto no dia do casamento. Farei o que for preciso para fazê-la feliz.

Com sua camiseta preta adoravelmente grande demais que ela amarrou em um nó no quadril, um longo cardigã preto que cai até as coxas para manter os braços aquecidos, a calça preta que ela usava antes com a corrente

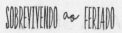

incrível pendurada dos passadores do cinto, junto com seus coturnos, ela me deixa sem fôlego, e não posso acreditar que Tess é minha.

— Você é a noiva mais bonita que eu já vi.

— Vai se foder. — Tess revira os olhos, mesmo quando me dá aquele sorriso de matar que me fez parar seis meses atrás.

Com minha camisa de "noiva" branca, que é dois tamanhos menor que o ideal, e minha bermuda cargo preta para combinar com a minha garota, devolvo o sorriso dela assim que Jason joga um fósforo na enorme pilha de madeira que colocou em cima da grama já queimada, junto com todo o fluido de isqueiro da garrafa de Tess. A pilha explode em chamas, e eu rio quando ela solta um grito feliz, seus olhos ficando arregalados e animados, e agarro suas duas mãos, tentando fazer com que ela se vire para mim.

— Ok, hora de olhar para mim agora.

— Fogoooo… lindo fogo — Tess murmura, ainda olhando para a fogueira em vez de para mim. Dou-lhe um aperto nas mãos e uma pequena sacudida.

— Vamos, hora de começar as festividades.

— Tão bonito — ela sussurra, ainda sem me encarar.

— Jesus, eu sabia que deveríamos ter deixado o fogo para o fim. Agora você não vai prestar atenção. — Tomando minha vida em minhas próprias mãos, solto uma das mãos de Tess para estalar meus dedos algumas vezes na frente de seu rosto. — Ei ! Olhos aqui! — ordeno.

O rosto de Tess imediatamente vira de volta para mim, e estou meio surpreso que sua cabeça não gire em um círculo completo em seu pescoço enquanto ela estreita os olhos e rosna um pouco para mim, deixando meu pau duro.

— Diga-me o que fazer de novo quando não estivermos nus e cortarei sua garganta.

— Aí está a minha garota. — Sorrio, agarrando a mão dela que deixei cair e acenando para Millie de pé ao lado.

— Você quer a versão curta e doce, correto? — Millie pergunta, se aproximando de nós, usando um longo vestido brilhante que parece ter saído direto do armário de Vanna White, com seu casaco de vison marrom sobre os ombros, juntando as mãos na frente de si e olhando de um lado a outro entre nós.

— Tão curto quanto humanamente possível — Tess diz, e eu aceno junto com ela, o calor do fogo crepitante ao nosso lado nos mantendo aquecidos no frio.

— *Vocês não escreveram seus próprios votos? Ah, meu Deus, você nem olhou para aqueles fichários, não é?*

— *Sem flores brilhantes, sem tiara brilhante, sem véu e cauda brilhantes... É como se eu estivesse assistindo a um casamento Amish.*

— *Minha artrite está me matando. Vocês estão demorando muito. Vou sentar ali, então me avisem quando eu precisar bater palmas.*

É a vez de Tess soltar uma das minhas mãos desta vez e rapidamente se inclinar e bater várias vezes no botão de volume no teclado do laptop até que todos os nossos "convidados" estejam no mudo.

— Ahhh, muito melhor. — Ela sorri para mim antes de olhar para Millie e agarrar minha mão novamente. — Ok, continue.

— Se eu pudesse falar por um momento... — interrompo Millie, quando ela abre a boca para iniciar a cerimônia. — Eu tenho uma coisinha preparada.

— Seu filho da puta — Tess sussurra, enquanto vejo Birdie pulando de animação na tela do laptop.

Apertando as mãos de Tess, dou um passo à frente até estarmos cara a cara na neve, me inclinando, e apoio minha testa contra o gorro dela.

— Sei que você ainda está surtando e com medo do bebê, mesmo que esteja agindo como se estivesse totalmente calma, porque você odeia se sentir fraca — começo suavemente. Tess zomba e revira os olhos para mim através de seus cílios longos e lindos com nossas testas juntas, mas fica quieta e me deixa continuar. — Sei que você só entrou nessa coisa toda de casamento porque sabe que é o que *eu* quero, e você só quer me fazer feliz, e *Deus*, eu te amo tanto por isso. Tem alguma ideia do quanto?

Ouço Tess fungar e solto uma de suas mãos para levantar entre nós e segurar seu rosto, inclinando a cabeça para trás para enxugar suas lágrimas com meu polegar.

— Eu prometo a você, vou fazer valer a pena, minha pequena incendiária. Vou tornar tudo menos assustador e mais divertido, e estarei ao seu lado a cada passo do caminho, nunca esquecendo por um minuto quem você é, ou quem é Pequeno Tim, ou o quanto vocês dois significam para mim, ou o quanto eu te amo. Prometo que sempre voltarei, Tess.

Agora é a vez de Tess estender a mão e pressionar a palma da mão contra o lado do meu rosto para que ela possa enxugar minhas próprias lágrimas.

— Não acredito que você está me fazendo chorar no meu próprio casamento, seu babaca. — Tess balança a cabeça para mim, enxugando a última das minhas lágrimas com a ponta dos dedos antes de pressionar a mão contra a que ainda estou segurando seu rosto. — Vale a pena jogar fora todos os meus planos. Eu nunca quis um marido, porque nunca encontrei um homem forte o suficiente para aguentar me ter como esposa. Vou ser um maldito *pesadelo*; meu Deus, você não tem ideia. — Tess ri, me fazendo rir tanto quanto ela.

— Você vai ser perfeita — afirmo. Tess rosna um pouco, e eu rapidamente corrijo minha declaração: — Você vai ser perfeita *para mim*.

— Pode apostar. — Tess sorri, fazendo meu coração dançar uma coreografiazinha natalina dentro do peito.

— Tudo bem então, vocês estão prontos? — Millie pergunta. Tess e eu acenamos com a cabeça enquanto voltamos a manter ambas as mãos entre nós, sorrindo como dois tolos um para o outro. — Aqui vamos nós. Curto e grosso. Bodhi, quer se casar com Tess?

— Puta merda, sim! — grito rapidamente, fazendo Jason e Allie rirem a alguns metros de distância.

— E, Tess, quer se casar com Bodhi? — Millie pergunta a Tess, que sorri para mim e parece tão linda com sua pele brilhando da fogueira perto de nós que eu quero me beliscar só para ter certeza de que isso está realmente acontecendo.

— Puta merda, sim — Tess sussurra sua resposta, e tenho que piscar para afastar as malditas lágrimas que parecem não parar hoje.

— Pode me dar os anéis, por favor? — Millie pergunta, estendendo a palma da mão para nós.

— Nós não…

— Sim, nós temos — interrompo Tess com uma piscadinha e ela olha para mim. Tiro do bolso os anéis que comprei no dia seguinte ao nosso primeiro encontro.

Tess engasga tão alto quanto eu quando percebi que ela estava de joelhos me pedindo em casamento mais cedo. Soube que era para Tess assim que passei pela joalheria na Ilha Summersweet e vi na vitrine, a pedra do sol de Oregon cercada por safiras vermelhas e laranja parece linda demais em sua mão. E o enorme sorriso em seu rosto quando ela desliza o anel combinando que comprei em meu dedo — uma aliança em tom de cobre com chamas pretas gravadas ao redor, o que me permite saber que estou perdoado por todos esses extras do casamento com os quais ela não concordou.

— Então, pelo poder que me foi conferido pela Igreja do Monstro do Espaguete Voador ponto com, que é uma religião legítima, você pode pesquisar no Google, agora eu os declaro marido e mulher! Pode beijar a...

Meus braços estão em torno de Tess e minha língua já está na metade de sua garganta antes de Millie terminar de me dizer o que fazer. Allie, Millie e Jason começam a bater palmas enquanto beijo minha esposa loucamente, e com o canto do olho vejo todos na tela do computador gritando silenciosamente e batendo palmas junto com eles.

Separando-me, sorrio para Tess, levanto meu pé e, em seguida, rapidamente o coloco de volta na outra decoração do nosso quarto que ela me deixou trazer aqui.

"Quero um hipopótamo de Natal!"

Tess geme quando o travesseiro de hipopótamo canta sob meu pé que acabei de pisar como vidro, em homenagem à nossa amiga judia e oficiante, Millie.

E porque é hilário pra caralho!

— *Você* vai contar essa história aos nossos netos. — Tess balança a cabeça para mim enquanto envolvo meus braços em torno dela e a beijo novamente enquanto murmura contra meus lábios. — Eu não quero repetir absolutamente nenhuma parte desta história.

EPÍLOGO
SOBREVIVENDO AO FERIADO

bohdi

Noite de Natal...

— Quer um pouco mais da minha carne na sua boca?

Sorrio para Tess, segurando uma garfada da melhor carne assada que já provei na vida, que ela pediu a Allie para ajudá-la a fazer para nós esta noite.

— Você é ridículo — Tess geme, caindo em uma risada silenciosa enquanto terminamos de comer.

Embora Tess tenha passado a maior parte de sua vida protestando contra a ideia de casamento, isso combina com ela. Ela ri com mais facilidade, não ameaça tanto a vida das pessoas e não pega o isqueiro com tanta frequência. Acho que aceitar o fato de que está grávida, e não a ideia de morrer de um tumor cerebral, como ela vem fazendo nos últimos dois meses, também ajudou.

— Juro por Deus que se você tirar mais uma batata do meu prato, eu vou te estripar como um peixe — Tess rosna, batendo no meu garfo com o seu.

Ela não ficou completamente mole, graças a Deus.

Tess não apenas me surpreendeu alguns dias atrás com coisas que escrevi em uma lista em uma névoa induzida por maconha na parte de trás de uma van doze anos atrás, mas ela me surpreendeu novamente ao realizar todos os meus desejos de Natal sem nem perceber. Eu não escrevi exatamente tudo naquela lista na época. Estava doidão pela primeira vez na vida. Tenho sorte de ter conseguido escrever certo a maioria dessas coisas.

É véspera de Natal, e estou comendo carne assada, vestindo pijama de Natal combinando, abraçando Tess junto da árvore na sala de estar privada dos Redingers, enquanto neva suavemente lá fora, em frente a uma lareira que atualmente queima o meu "yule de Natal". Assim como vi na televisão.

E o melhor de tudo? Estou passando esse tempo com alguém que me ama por mim mesmo. Que me deixa ser quem eu quiser e não me envergonha pelas minhas escolhas, sejam elas quais forem. E quem vai lidar com os berros de uma hora de raiva dos Bennetts quando ela os informar que não estaremos em casa para passar a noite com todos, porque ela estendeu nossa reserva. Assim, poderíamos ter uma tranquila véspera de Natal apenas nós dois, enquanto os Redingers e Millie estão na casa de Jason e Allie, e todos os hóspedes estão no celeiro assistindo a um filme.

Bem, *quase* só nós dois. Tess fez uma pequena concessão aos Bennett para que se acalmassem por não estarmos em casa com eles esta noite.

— *Só estou dizendo que parece estranho que Tess e Bodhi combinem e não estejam usando as camisetas que fiz para todos nós esta noite. Eu disse que seria entregue a tempo.*

— *Não vou usar uma camisa cheia de glitter a noite toda que diz que o Natal é muito brilhante!*

— *Shepherd, querido, diga ao Owen que ele não precisa usar a camisa a noite toda.*

— *Se a criança não tem que usá-la a noite toda, então eu também não. Quem diabos aumentou a música de Natal? Essa coisa está me dando dor de cabeça.*

— *Todos digam olá para Rex Matthews! Ele é meu par de Natal e vai passar o feriado conosco!*

— *Uhm, Laura, pensei que você tivesse dito que Steve Clements era seu par de Natal. O cara que fez aquela coisa com as bolas da guirlanda da porta da frente.*

— *Não, Emily, era Fred Lumbar. Quem diria que sinos de guirlanda poderiam ser usados como Ben Wa...*

— *Mãe! Vamos, é véspera de Natal e eu gostaria de passar um ano sem vomitar.*

— *Pelo menos tire a calça e me mostre a cueca de Natal que fiz e que chegou a você a tempo. Eu tenho um novo acessório para minha Cricut que...*

Fecho a tampa do laptop que está no meio da mesa de centro e corto Shepherd. Tess solta um suspiro longo e feliz quando a sala fica em silêncio novamente, e voltamos a ser oficialmente apenas nós dois aqui.

O bate-papo por vídeo que Tess concordou para que todos não sentissem tanto a nossa falta parecia uma boa ideia um tempinho atrás. E, honestamente, até os últimos cinco minutos, foi muito bom passar a noite com todos que amamos. Andamos com o laptop pela Casa Redinger e mostramos a eles todas as loucas decorações de Natal, deixamos o laptop de frente para as janelas por um tempo para que pudessem apreciar toda a neve e nos divertimos conversando com todos enquanto "comemos juntos".

Melhor. Noite de Natal. *Da vida.*

— Você está vestindo a cueca de Shepherd, não está?

— Você está certa, estou usando uma cueca vermelha apertada que diz "Ah, que divertido é assar minha carne" — concordo. — Falando em carne, tem certeza que não quer mais?

Tess balança a cabeça quando aponto para o prato de comida coberto com papel-alumínio à nossa frente.

— Acho que já comi o suficiente esta noite, Sr. Powell — Tess afirma, se afastando da mesa de centro e puxando as pernas para cima do sofá, fazendo meu coração pular uma batida quando coloco meu prato vazio na mesa de centro ao lado dela.

Não só porque eu adoro ouvi-la me chamar de Sr. Powell, usando seu sobrenome, mas por causa da *verdadeira* razão pela qual Tess realizou todos os meus desejos de Natal.

— *You down with BPP?* — canto, me aproximando dela no sofá.

Empurro gentilmente suas mãos para longe de onde meus olhos estavam colados nelas descansando em sua barriga, para que eu possa descansar minha própria mão ali contra o desejo que eu nem sabia que queria até que se tornasse realidade.

— Não vamos cantar essa música toda vez que alguém diz seu novo nome. — Tess ri, o som sempre como música para meus ouvidos enquanto sua barriga salta com sua risada contra a palma da minha mão.

Meu coração dispara novamente, imaginando como tive tanta sorte de todos os meus sonhos estarem se tornando realidade. Finalmente vou ter minha própria família para amar e cuidar, e nunca, jamais julgar por suas escolhas, sempre apoiando tudo o que fizerem, desde que os deixe felizes. Sabe, desde que não seja um vício em metanfetamina ou de jogos de azar.

Inclinando-me, coloco a boca bem contra a barriga de Tess.

— Vamos ver sobre isso. Não vamos, Pequeno Tim? Cante com o papai! *You down with BPP?*

Tess me deixa cantar uma rodada inteira da música e dar um beijo em sua barriga antes de deslizar a mão pelo meu cabelo e puxá-lo gentilmente. Trazendo meu rosto para mais perto do seu, ela sorri quando Jack Skellington começa a cantar *What's This?* da televisão de tela plana pendurada acima da lareira. Assistir a *O estranho mundo de Jack* é uma nova tradição da véspera de Natal na qual Tess insistiu, se eu quisesse fazê-la sofrer com *A felicidade não se compra* mais tarde. Fiquei tão feliz por ela ter sugerido qualquer tipo de tradição natalina que eu teria concordado em assistir *A hora do pesadelo* todos os anos, se fosse isso que ela queria.

— Eu te amo mais do que tudo — sussurro.

Tess tira a mão do meu cabelo e se aconchega ao meu lado, descansando a cabeça no meu ombro e jogando as pernas no meu colo, rindo baixinho quando me recuso a tirar a mão de sua barriga.

— É bom mesmo. — Suspira de volta, contente, e beijo o topo de sua barriga; logo ela começa a cantar suavemente junto com o filme.

Sei que as coisas nem sempre serão tranquilas. Nenhum casamento é perfeito. Vou fazer coisas que irritam Tess, e Tess vai fazer coisas que me irritam. Eu provavelmente vou acidentalmente ficar superchapado logo antes de ela querer ter uma conversa séria e não ouvir uma palavra, e ela provavelmente vai acidentalmente colocar fogo em outra peça de roupa minha enquanto ela ainda está no meu corpo. Vamos brigar por pequenas coisas ridículas e discordar sobre grandes coisas importantes, porque a vida não é perfeita e teremos obstáculos para superar. Mas nunca vamos parar de lutar na direção certa pelo que queremos, e nós dois queremos o "felizes para sempre" sobre o qual lemos em nossas histórias para dormir. Mesmo que Tess diga que elas são chatas e previsíveis.

A vida com Tess Powell será tudo menos chata e previsível. Vai ser aterrorizante e excitante, e sempre ficarei feliz em permanecer em um lugar, desde que esteja com ela.

— Sabe como combinamos de não ir para o outro lado da montanha nos últimos dias apenas para comprar alguns presentes um para o outro, para que tivéssemos algo para abrir amanhã? — pergunto baixinho a Tess, enquanto Jack Skellington sequestra o Papai Noel.

— Sim, porque já compramos um para o outro e todos os nossos presentes estão em casa, e concordamos em apenas abrir tudo quando voltarmos para Summersweet — Tess responde.

Isso me fez amar ainda mais Tess por não se importar em ter nada

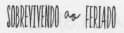

para abrir amanhã. Ela pode achar que não é boa com coisas clichês, mas quando disse que o importante no Natal é estar com quem você ama e não os presentes, eu chorei como um bebê.

E então não ouvi uma palavra do que ela disse, porque, *vamos lá!* É Natal e ela precisa de *algo* para abrir.

Esta é a parte do nosso casamento em que vou fazer algo para irritar Tess, caso você não esteja prestando atenção.

— O que diabos é isso?

Tess se joga no sofá ao meu lado quando tiro um envelope do bolso da minha bermuda e entrego a ela.

— Apenas mais uma tradição natalina em que abrimos um presente na véspera de Natal. Esqueci de falar sobre isso? — pergunto, com um sorriso atrevido, e ela estreita os olhos para mim. — Não fui a nenhuma loja para comprar nada, então tecnicamente não quebrei nenhuma regra.

Com um suspiro, Tess finalmente desvia o olhar de mim e rasga o envelope, tirando o pedaço de papel dobrado em três. Seguido pelo grito mais assustador que já ouvi sair de um ser humano antes.

— Que porra você fez? — Tess finalmente sussurra, uma vez que acaba com todos os gritos, seus olhos examinando as palavras no papel.

— Pois é, então, sabe quando me disse que eu não tinha permissão para gastar nada daquele dinheiro que ganhei como *caddie* de Palmer, a menos que fosse algo importante em que valesse a pena gastar meu dinheiro?

— Seu filho da puta. Você vai dormir no sofá para sempre.

Tess funga e enxuga uma lágrima que cai em seu rosto, e fico surpreso por ela não afastar minha mão quando a coloco em suas costas e começo a esfregar círculos suaves.

— Esta é a escritura da minha casa — Tess murmura, sacudindo o papel em sua mão, e continua me olhando através de suas lágrimas.

— Correto. É oficialmente sua. Quero que comecemos do zero sem que você se preocupe com os erros cometidos por outra pessoa. Você não deveria pagar pelos erros de sua avó. É hora de cometer seus próprios erros, então *nossos* filhos têm que pagar por eles. — Eu pisco para ela.

Ela leva alguns minutos fungando para conter as lágrimas e afastando a necessidade de abaixar a mão na frente de seu pijama que combina com o meu e pegar o isqueiro em seu sutiã, mas ela finalmente devolve meu sorriso.

— Certo, eu acho. — Tess dá de ombros, redobrando a escritura, colocando-a de volta no envelope e na mesinha de centro ao lado de nossos pratos antes de se aconchegar de volta ao meu lado.

Vou esperar até voltarmos para casa para dizer a ela que há dois caminhões de brinquedos a caminho da ilha. Prefiro morrer no conforto da minha sala do que no meio do feriado. Só espero que ela me deixe testar o escorregador da casa da árvore do navio pirata primeiro.

— Alguém gritou? Achei ter ouvido gritos. Eu tenho fita adesiva se você...

— Estamos bem, Sheldon! — Tess e eu interrompemos o pobre homem quando ele aparece na sala de estar, os chifres de rena trocados por um festivo chapéu de Papai Noel esta noite.

— Tudo bem, ok, vou para o celeiro com todos os outros. Manterei um ouvido aberto para mais gritos, caso precisem de mim.

Com um aceno de cabeça, ele desaparece no corredor e eu volto a abraçar minha esposa.

— Depois que eu foder com você na frente da árvore de Natal quando o filme acabar, devemos nos juntar e e sair correndo pelo...

— Não — Tess me interrompe.

Deixo escapar um grande suspiro, e ela inclina a cabeça para trás do meu ombro, estreitando os olhos para mim quando empurro meu lábio inferior para fora.

— Ok! — finalmente cede, depois de alguns segundos revirando os olhos, enquanto começo a pular para cima e para baixo no sofá ao lado dela. — Mas, só por um tempo, e você tem que usar um gorro e um cachecol desta vez.

E eu vou. Porque adoro quando Tess me dá ordens. Me deixa totalmente de pau duro.

— Você vai ser a melhor mãe de todas.

— Vai se foder — Tess murmura, mas vejo um grande sorriso surgir em seu rosto antes que ela descanse a cabeça em meu ombro. — Se você enfiar a mão embaixo do travesseiro, pode haver um pequeno presente de véspera de Natal para você também — fala, com indiferença.

Deslizando minha mão sob o travesseiro, puxo um pedaço de papel dobrado enfiado entre o braço do sofá e as almofadas, sacudindo-o para desdobrá-lo com uma mão.

— Não são dez caras chamados Lorde pulando sobre algo, tipo, muito alto, de acordo com sua lista de necessidades de Natal, mas pensei que isso seria bom também — Tess me informa, quando finalmente termino de ler e me viro para olhar para minha esposa com o maior sorriso no rosto, sabendo que tomei a melhor decisão possível ao ficar no mesmo lugar com essa mulher.

SOBREVIVENDO ao FERIADO

— Amor! Você comprou um pequeno terreno na Escócia por duzentos dólares para que eu pudesse me tornar oficialmente Lorde Bodhi Armbruster de Tess Powell Manor?

— Vou enviar um e-mail para eles e ter a escritura atualizada com seu nome de casado — Tess me tranquiliza, se aconchegando mais ao meu lado.

Enfio a papelada de lorde no bolso de trás da minha bermuda, beijo o topo da cabeça de Tess e sorrio quando ela começa a cantar *Oogie Boogie's Song*.

Sim. Melhor noite de Natal da vida.

Com muitas, muitas mais por vir.

SÉRIE ILHA SUMMERSWEET

"Palmer 'Pal' Campbell teve um surto épico no 18º buraco do Bermuda Open! Vídeo às onze."

Depois de passar toda a minha carreira no golfe profissional sendo conhecido como o jogador calmo, silencioso e prático do tour, não há nada mais humilhante do que jogar tudo isso pelo ralo — ou em um obstáculo na água — em rede nacional. Precisando de um lugar para me esconder, para lamber minhas feridas e descobrir o que quero fazer da minha vida quando isso passar, eu só consigo pensar em um lugar que quero estar. Ilha Summersweet, onde todos me tratam como um dos seus, e todos ficarão felizes por eu estar novamente em casa.

Bem, exceto talvez uma pessoa. Já se passaram dois anos desde a última vez que coloquei os pés na Ilha Summersweet ou falei com alguém de lá. Mas tenho certeza de que Birdie Bennett, minha melhor amiga desde os quinze anos e gerente do clube do meu campo de golfe favorito, teve muito tempo para me perdoar por aquele pequeno mal-entendido em que eu a bloqueei nas redes sociais e no meu telefone. Ah, e acho que meio que a acusei de ser uma stalker.

Assim que minha sexy e corajosa ex-melhor amiga superar o choque de me ver novamente e parar de tentar enfiar um taco número nove no meu crânio, posso finalmente lhe dizer que, eu meio que sempre fui apaixonado por ela...

"Os fãs do Hawks ainda estão em choque depois que o meio-campista, Shepherd Oliver, sofreu uma lesão no final da temporada na noite passada no 5º período dos playoffs contra Chicago."

Dois anos atrás, eu era a sensação do momento. Pensei que tinha tudo, até que uma lembrança do meu passado apareceu no meu feed de mídia social, mantendo meu ego sob controle e me lembrando de como sou básico. Só que a atrevida Wren Bennett não é apenas uma lembrança do meu passado. Ela é a única mulher com quem eu já vi um futuro.

Mesmo que minha alma deixe meu corpo toda vez que ela diz que odeia baseball e que nunca me viu jogar, um ano de mensagens cheias de risos e sarcasmo só me lembra o quão incrível é a minha "amiga por correspondência". Infelizmente, não importa o quão bem eu fico em uma calça de baseball; ainda estou à cinco mil quilômetros de distância, e ela era comprometida... ou assim pensei. Talvez eu devesse ter pensado um pouco mais antes da jogada idiota que me deixou sem opção de defesa.

Agora eu só preciso ter certeza de que a mãe solo Wren saiba que eu não voltei para deixá-la confusa, ou por um trabalho. Finalmente estou voltando para casa para torná-la minha. Se ao menos ela parasse de me insultar e ficasse parada tempo suficiente para que eu pudesse lhe contar... Ela não tentaria me afogar com um pote de sorvete, não é?

Tenho certeza de que vai ficar tudo bem.

Garanta os seus no site da The Gift Box:

Quer mais comédia romântica? Conheça Doce Combinação:

A profissional radialista espertinha, Cady Callahan, nunca experimentou um chocolate que não amou. Ela tem curvas e não está nem aí.

Ela fica chocada quando um bilhete de rifa comprado para apoiar uma instituição de caridade de veteranos a faz ganhar uma assinatura de um ano na Body Tech, uma academia seleta em Manhattan, onde todos os atletas de elite treinam e todas as grandes celebridades vão para entrar em forma para seus papéis em filmes de ação. Ela também ganhou um personal trainer sob a forma do irresistível – até demais –, Rick Roberts.

Rick fica ainda menos impressionado quando a chegada de Cady acarreta um grande circo da imprensa. O aposentado craque britânico do rúgbi administra um centro de treinamento sério, e ele definitivamente não tem tempo para qualquer pessoa que não queira se esforçar.

Quando a curvilínea Cady o desafia a treiná-la para correr uma maratona no final do ano, isso parece ser uma solução para os problemas de ambos. Se... quando o treinamento dela acabar, a academia de Rick voltar ao seu normal.

Mas Cady não planeja perder a aposta – ela só não estava contando com outras intercorrências. E o carrancudo Rick é muito complicado. E tão tentador quanto o mais delicioso doce...

A The Gift Box é uma editora brasileira, com publicações de autores nacionais e estrangeiros, que surgiu no mercado em janeiro de 2018. Nossos livros estão sempre entre os mais vendidos da Amazon e já receberam diversos destaques em blogs literários e na própria Amazon.

Somos uma empresa jovem, cheia de energia e paixão pela literatura de romance e queremos incentivar cada vez mais a leitura e o crescimento de nossos autores e parceiros.

Acompanhe a The Gift Box nas redes sociais para ficar por dentro de todas as novidades.

 www.thegiftboxbr.com

 /thegiftboxbr.com

 @thegiftboxbr

 @GiftBoxEditora